藏書

珍藏版

# 唐詩宋詞元曲选編

于立文 主编 孪金龙 编

壹

辽海出版社

图书在版编目（CIP）数据

唐诗宋词元曲选编／于立文主编；李金龙编．—沈阳：
辽海出版社，2016.11
ISBN 978 - 7 - 5451 - 3863 - 4

Ⅰ．①唐… Ⅱ．①于…②李… Ⅲ．①唐诗—诗集②宋词—选集
③元曲—选集 Ⅳ．①I222

中国版本图书馆 CIP 数据核字（2016）第 259019 号

## 唐诗宋词元曲选编

责任编辑：柳海松　段扬华
责任校对：顾　季
装帧设计：马寄萍
出 版 者：辽海出版社
地　　址：沈阳市和平区十一纬路 25 号
邮政编码：110003
电　　话：024 - 23284473
E - mail：dyh550912@163. com
印 刷 者：三河市天润建兴印务有限公司
发 行 者：辽海出版社
开　　本：787mm × 1092mm　1/16
印　　张：144
字　　数：2304 千字
出版时间：2016 年 12 月第 1 版
印刷时间：2016 年 12 月第 1 次印刷
定　　价：1380. 00 元

# 《唐诗宋词元曲》编委会

# 目　录

## 唐　诗

### 五言古诗

# 乐　府

# 七言古诗

## 七言乐府

# 五言律诗

# 七言律诗

# 乐　府

# 七言绝句

# 乐　府

# 名家诗集

目　录

# 宋 词

# 元 曲

赵善庆

张养浩

唐诗

# 五言古诗

　　五言古诗是汉、魏时期形成的一种新的诗体。它没有一定的格律，不求对仗，不讲平仄，用韵也比较自由，篇幅不限长短，但每句五言的句式却是固定不变的。因为它既不同于汉代乐府歌辞，也不同于唐代的近体律诗和绝句，故称五言古诗。

# 张九龄

　　张九龄（678～740），字子寿，一名博物，韶州曲江（今广东韶关市）人。长安进士，历任校书郎、左拾遗、集贤院学士、中书侍郎同平章事，迁中书令。他是唐"开元之治"最后一位贤明宰相。开元二十四年（736），被权奸李林甫等诽谤、排挤，被贬为荆州大都督府长史。其《感遇》诗12首即作于贬谪之后。现存有《曲江集》、《千秋金鉴录》。

# 感遇二首①

## 其 一

兰叶春葳蕤①，桂华秋皎洁。

欣欣此生意，自尔为佳节②。

谁知林栖者，闻风坐相悦。

草木有本心③，何求美人折！

**【注释】**

①葳蕤：花叶繁盛下垂的样子。

②"自尔"句：因为有了兰、桂，春、秋便自然成

了美好的季节。自尔，因此。

③本心：指草木的根茎，这里为双关语，"本性"的意思。

**【译诗】**

兰叶繁盛芬芳在春天，桂花皎洁飘香在秋季。在不同的季节吐露生机，点缀春意，充实秋景。林中居者，闻到芳香攀花折枝。散发飘香是它们的天性，不是为了希望别人将其攀折。

**【赏析】**

这首诗以比兴手法，寓意于高雅清香的春兰秋桂，不慕求虚荣，不阿谀权贵；芳香出于自然，不是为了博取别人欣赏。以此来自勉、自娱，透露出诗人洁身自好，坚贞清高，不与佞臣同流合污的高尚气节。

# 其 二

江南有丹橘，经冬犹绿林。

岂伊地气暖，自有岁寒心。

可以荐嘉客，奈何阻重深？

运命惟所遇，循环不可寻①。

徒言树桃李，此木岂无阴②？

**【注释】**

①"运命"二句：命运的好坏只因遭遇不同，其中的道理无法寻觅，好像围着一个圆摸索，不能得其究竟一样。

②"徒言"二句：《韩诗外传》记赵简子语："春树桃李，夏得阴其下，秋得食其实。"诗人认为丹橘四季不凋，果实甘美，比桃李毫不逊色。

**【译诗】**

江南盛产红橘，经严寒之后橘林仍葱葱绿绿。这难道是地气暖和使然？原来橘树自有喜欢傲雪的气质。款待亲朋红橘当之无愧，怎奈路途遥远山水阻隔。命运难测只能听其所遇，如同四季变更不能追寻。世人都偏爱栽种桃李，难道橘树不也是绿阴葱茏吗！

**【赏析】**

这一篇也是以橘喻人。

屈原曾经写过一篇《橘颂》，赞美橘树具有的"与世独立，横而不流"的品格；《古诗》又有"委身玉盘中，历年冀见食"的句子，比喻贤者要求用世。张九龄此诗，兼有这两种意思。

橘树之叶经冬不凋，这不是因为地气暖的原因，而是因其自身具有凌寒傲霜的品质。诗人将它比喻自己。这丹橘本可以让嘉客食用的，然而阻碍重重，无法献达，这大概是命运了。人们都说要种桃种李，其实丹橘不仅果实可以待嘉客，而且四季不凋，随时都有美阴，哪点不如桃李呢？这几句诗比喻自己也有贤人一样的美德，但不被人识，只能徒自不平。

这首诗，设喻恰当，抒发情怀又圆转自如，故历来为人称诵。

# 望月怀远

海上生明月，天涯共此时。
情人①怨遥夜，竟夕起相思。
灭烛②怜光满，披衣觉露滋。
不堪盈手赠③，还寝梦佳期。

【注释】

①情人：感情深厚的友人。作者自指。

②灭烛：熄灭烛光。谢灵运《怨晓月赋》："灭华烛兮弄晓月。"

③语出陆机《拟明月何皎皎》："照之有余辉，揽之不盈手。"

**【译诗】**

海上升起一轮明月，远方亲人也望月思人。情人怨恨漫长的月夜，通宵不眠苦苦地相思。吹灭蜡烛月光便洒满屋，披衣出门外露水沾湿衣。不能捧满手月光赠给你，还是回到梦中会佳期吧。

**【赏析】**

诗从望月开始，通过对月夜怀念亲人的形象描写，表达了对亲人的怀念。诗格调清新，意境明朗，充满了缠绵而又真挚的相思感情，没有感伤的情调，被前人称之为五律中的《离骚》。

第一句"海上生明月"，点明题中的望月，这完全是写景，没有一分点染的气氛，脱口而出，却成为千古名句。第二句，由景入情"天涯共此时"写诗人与亲人远隔天涯海角，却共赏一轮明月，抒发了怀念亲人之情。可见明月是想象的空间，又是连接双方友情的纽带。第三、四句，采用流水对，自然流畅。以"怨"字为中心，怨恨长夜漫漫，不能入睡。以情人相互呼应，不说自己怀念亲人，反说远方亲人见月思己，在反衬中表达对亲人深厚的恩情。第五、六句，诗人又写自己月夜怀念之情。以富有特征性的动作"灭烛"和"披衣"揭示人物内心感情。先写月光满屋，睡意全无。后写庭中望月，披衣漫步，月光明亮，露水沾湿衣裳。这就进一步突出了怀念之情。第七、八句，写想捧一把月光赠给亲人。这是一种象征手法。月光本不能赠，但情思却要寄托，希望在梦中会佳期。

全诗情深、意切、笔丽。诗人运用了比兴手法，以明月起兴，以明月收笔，借月寄情，令人回味。

# 李 白

李白（701～762）字太白，号青莲居士，唐代诗人。凉武昭王九世孙，蜀人。绵州昌隆（今四川江油县）人。其诗多强烈抨击当时的黑暗政治，深切关怀时局安危，热爱祖国山川，同情下层人民，鄙夷世俗，蔑视权贵；想象丰富奇特，风格雄健奔放，色调瑰玮绚丽，语言清新自然。对后世影响极大。与杜甫齐名，世称"李杜"。有《李太白集》。

天才奇特，游长安，贺知章见其文曰："谪仙人也。"言于玄宗，召见，论当世事，诏供奉翰林，眷遇甚优。因忤杨贵妃，放还，永王璘迫致之府，璘起兵，白进回。坐璘府僚当诛。先是尝救郭子仪，至是子仪请解官以赎。诏长流夜郎，赦还。客当涂令李阳冰所。代宗立，以左拾遗召，而白已卒。太白诗纵横变化，凌云百代，所谓天授，非人可及。集中"兴酣落笔摇五岳，诗成啸傲凌沧洲"二语，惟太白足以当之。王士禛谓：七言歌行子美似《史记》，太白似《庄子》。供奉断句尤妙绝古今，别有天地。于美每饭不忘君国，太白亦然。特天性不羁，故放浪于诗酒间，其忧时伤乱之心，实与少陵无异也。安得徒以诗人目之？

## 下终南山过斛斯山人宿置酒①

暮从碧山下，山月随人归。

却顾所来径②，苍苍横翠微。

相携及田家，童稚开荆扉。

绿竹入幽径，青萝拂行衣③。

欢言得所憩，美酒聊共挥。

长歌吟松风④，曲尽河星稀。

我醉君复乐，陶然共忘机⑤。

## 【注释】

①终南山：在陕西西安市南，是秦岭山峰之一。广义亦指秦岭。山人：隐士。

②却顾：回头看。

③青萝：即女萝，地衣类植物。

④松风：乐府琴曲有《风入松》。

⑤陶然：欢乐貌。忘机：道家术语，意为心地淡泊，与世无争。

## 【译诗】

暮色苍茫，走过碧绿的青山脚下，明月随我加快步伐。回首环望走过的山间小道，郁郁葱葱的林间，青翠掩映，云雾弥漫。我与友人携手来到田家，幼稚的小童为我们打开柴门。藤蔓悬吊轻拂衣裳。有幸找到这样好

的休闲之地，共同举杯畅饮美酒。乘着酒兴放声高歌，歌声随风飘入森林。更阑夜深群星渐隐，兴致才减歌尽曲终。在这欲醉非醉舒畅快乐的时刻，我们都忘却了世间的巧诈烦扰。

## 【赏析】

这是首描写暮色月夜与友人同归的田园诗。沿途青幽旖旎的山色，友人清风优雅的居所，以及到友人家受到的礼遇，使诗人在酣饮放歌时，陶醉在一种无拘无束、心情飘然的境况中。当时李白在长安供奉翰林，虽不能说春风得意，却也洒脱无拘。这首到终南山访友诗，笔出自然，格调明快，简练准确，情景交融，将自然景色与饮酒放歌的情景跃然字里行间，充满了浓郁的田园诗风味。

# 月下独酌

花间一壶酒，独酌无相亲。

举杯邀明月，对影成三人①。

月既不解饮，影徒随我身。

暂伴月将影，行乐须及春。

我歌月徘徊，我舞影零乱。

醒时同交欢，醉后各分散。

永结无情游，相期邈云汉。

**【注释】**

①三人：指月亮、诗人及其影子。

**【译诗】**

我在花丛中安排下一壶好酒，独自酌饮没有一个知音。举杯邀请明月同我共饮，对着明月，对着自己的影子，就等于三个人，月亮本来不会饮酒，影子也不过枉

然跟随在身前身后。暂且以明月和影子相伴，借这美景及时行乐。我唱起歌月亮在空中徘徊不定。我起身狂舞影子跟着飘前飘后。清醒时我们共同欢乐，酒醉后各自离散东西。但愿能永远尽情漫游，相约重逢在无垠的太空。

**【赏析】**

这首诗因波澜起伏，无中生有，静中有动，丝丝相扣而为世人传诵。

李白虽在长安供奉翰林，随着时间推移；对这有其名而无实职，不为所用的位置已不感兴趣。诗人就是在彷徨苦闷的心情下写这首诗的。诗人运用丰富的遐想，由孤独而邀月、影为伴，时而同饮，时而歌舞，孤独的场面被诗人想象引伸为热热闹闹、轻歌欢快的气氛。然而诗人毕竟是"暂伴月将影"，而"行乐及春"、"永结无情"才是其内心深处的感慨。

# 春　思

燕草如碧丝①，秦桑低绿枝。

当君怀归日，是妾断肠时②。

春风不相识，何事入罗帏?③

【注释】

①燕草：指北方的草。今河北、辽宁一带古为燕国。

②断肠：形容相思情切。

③罗帷：丝织的围帐。

【译诗】

北国的小草还像碧丝般青绿，秦地的桑树已低垂着浓绿的枝叶。当你怀念家园盼归之日，我早就因思念你而愁肠百结。素不相识的春风呵，为什么悄悄吹进了我红罗的帷帐，激荡起我的愁怅之情？

**【赏析】**

　　在这首描写思妇内心独白的诗中，诗人语义双关，用抒自然之春天，理喻男女之间的爱慕之情，同时又以丝（思）、枝（知）谐音，连接异地男妇之间的思念情怀。居住秦中的少妇，丈夫远在北方戍边，春天的到来激起了她对丈夫忠贞不二的痴情；同时也遥望远方，遥想丈夫也和自己一样盼归家园，早日团聚。诗的主题明快清新，落笔自然，是诗人描写男女情长诗中比较著名的一首。

# 杜　甫

　　杜甫（712～770），唐代诗人。字子美，原籍襄阳（今属湖北），曾祖时迁居巩县（今河南巩县东北）。后因居长安杜曲（在少陵原之东），自称杜陵布衣、少陵野老。曾任检校工部员外郎，故世称"杜工部"。其诗抒写个人情怀，往往紧密结合时事，思想深厚，境界广阔，有强烈的社会现实意义，后世称为"诗史"。其影响极大。与李白并称"李杜"。今存诗一千四百余首，《自京赴奉先县咏怀五百字》、《丽人行》、《春望》、《北征》、《三吏》、《三别》，最脍炙人口。有《杜工部集》。

# 望　岳<sup>①</sup>

岱宗夫如何，齐鲁青未了。

造化钟神秀，阴阳割昏晓。

荡胸生层云，决眦入归鸟<sup>②</sup>。

会当凌绝顶，一览众山小。

**【注释】**

①望岳：岳，这里指东岳泰山。

②决眦：张目极视的样子。

**【译诗】**

五岳之首的泰山啊！你青青的山色覆盖了辽阔的齐鲁大地。造化万物的大自然，使你汇聚了天地间的神奇和俊秀。横亘的山姿，使南北晨光暮色截然分明。蒸腾的云气重重叠叠，令人心胸激荡开阔。极目眺望，蓝天归鸟翩翩。总有一天我要登上你最高的峰峦，看群山匍匐在你的脚边。

**【赏析】**

开元二十三年到天宝四年（745）这十年间，杜甫

16

多次游历山东，饱览了齐鲁之邦的名山大川，并对泰山
独具情缘。此诗在游历赵、齐（今河南、河北、山东）
等地时作。诗从"望"字上着意，从远望、近观、细看
的不同角度写望中所见泰山的雄伟壮观的景色。杜甫曾
作过三首《望岳》诗，分咏东岳泰山、南岳衡山、西岳
华山。这首诗被认为是现存杜甫诗中年代最早的一首。
全诗气势磅礴，苍茫开阔，情调高昂，风格明快，具有
诗人早期诗歌开朗豪放的特色。


## 赠卫八处士①


人生不相见，动如参与商②。

今夕复何夕，共此灯烛光。

少壮能几时，鬓发各已苍。

访旧半为鬼，惊呼热中肠③。

焉知二十载，重上君子堂。

昔别君未婚，儿女忽成行。

怡然敬父执④，问我来何方。

问答未及已，儿女罗酒浆。

夜雨剪春韭，新炊间黄粱。

主称会面难，一举累十觞。

十觞亦不醉，感子故意长⑤。

明日隔山岳，世事两茫茫。

**【注释】**

①卫八处士：卫八，其人不详。处士是指隐居不仕的读书人。

②动如：往往就象。参、高，参宿与商宿，两个星宿此升彼落，永不同现。

③此句意谓连连惊呼，内心感到十分难过。

④父执：父亲的朋友。

⑤子：你。故意：故旧情意。

**【译诗】**

朋友之间的相聚，就像参星和商星，实在难得有机遇。今夜是什么吉日良辰，让我们共同享有一盏灯烛之光。青春壮健的岁月能有多少，转瞬间你我都已两鬓如霜。寻访昔日的亲朋旧友，他们多一半已经死亡。我内心激荡，不得不连声衰叹悲怆。谁能想到，二十载风雨过后的今天，我又亲临你家的厅堂。相别时你还是一位少年，如今却已儿女成行。他们欢悦地礼待父亲的老友，亲切询问我来自何乡。没有说尽所有的往事，孩子们已摆好菜馔酒浆。夜雨中剪来了青鲜的韭菜，散发着扑鼻的清香，又呈上新煮的黄米饭让我品尝。主人珍惜见面艰难，频频劝酒一觞又一觞。一连十来杯还没有醉倒，令我感动的是你对老友的情意依旧深长。明日分别后，华山将把我们阻隔，相见又不知将在何年，在什么地方？

## 【赏析】

朋友之间的相聚，就像参星和商星，实在难得有机遇。今夜是什么吉日良辰，让我们共同享有一盏灯烛之光。青春年华能有多久？看如今岁月催人白发苍苍。问及故旧亲友，一半已经去世，声声惊呼好像那火烧胸膛。怎想到一别就是二十多年，今天我又重坐在你的客堂。曾记得分别时你还未成婚，看现在已子女满堂。他们彬彬有礼地招待父亲的朋友，亲切的问我来自什么地方。没有说尽所有的往事，孩子们已摆好菜馔酒浆。夜雨中剪来了青鲜的韭菜，散发着扑鼻的清香，又呈上新煮的黄米饭让我品尝。主人称道我们会面多么艰难，一觥觥地敬酒接连敬了十觥。我一连喝了十杯也无醉意，感谢你待故友情深意长。明日分离后，我们将被华山阻隔。相见的日期哟，又变得多么渺茫。

　　肃宗乾元元年（758），杜甫被贬华州司功参军，冬末赴洛阳。翌年春又由洛阳返华州，途中遇故旧卫八处士有感而作此诗。当时正是安史之乱，局势动荡不安，诗人能与少年友人相会，并受到热情接待，自然又欣慰又感慨。诗中有相逢艰难的感叹，久别重逢的喜悦，旧友逝世的悲伤，世事茫茫的惆怅。极其自然浑朴的语言，抒发出心中蕴积的感情波澜，字字真情，读后能深深引起人的共鸣，为千百年来读者所喜爱。

# 佳　人

绝代有佳人，幽居在空谷。

自云良家子，零落依草木。

关中昔丧乱①，兄弟遭杀戮。

官高何足论，不得收骨肉。

世情恶衰歇，万事随转烛②。

夫婿轻薄儿，新人美如玉。

合昏尚知时，鸳鸯不独宿。

但见新人笑，那闻旧人哭。

在山泉水清，出山泉水浊。

侍婢卖珠回，牵萝补茅屋。

摘花不插发，采柏动盈掬。

天寒翠袖薄，日暮倚修竹。

**【注释】**

①丧乱：指安吏之乱。

②随转烛：以烛影随风转而无定喻世事变化无常。

**【译诗】**

一位容貌超绝的美人，孤独地住在幽深的山谷。她说自己出身名门，家道中落才飘泊到此，依傍着这里的

山川草木。当年关中一带战火连天，自己的兄弟也遭了杀戮。官高又有什么用处，连骸骨都没能收进坟墓。世态险恶变化无常，万事就像那风中摇曳的烛光。薄情寡义的丈夫，见我遭逢不幸，他竟另觅新欢，爱上貌美如玉的新人。夜合花尚且知道花开花合，鸳鸯鸟也双栖从不只身独宿。我那朝三暮四的丈夫，他却比不上禽鸟草木。我那势利的丈夫，连禽鸟草木都不如。他满眼只看见新人的笑容，哪里听得到我的悲伤啼哭。山里的泉水清澈明亮；出山后泉水就染上污浊。侍女变卖珍珠回来，牵起藤萝修补简陋的茅屋。我不去采摘鲜花来装饰鬓发，时常采一把柏籽充饥当粮。寒风吹动我薄薄的衣衫，日落黄昏，我斜倚着高高的青竹。解遣哀怨，打发时光。

**【赏析】**

这是一首弃妇诗。诗的主人公是一位在战乱中家道衰落又遭丈夫遗弃，飘零到山中安家的女子。社会动乱，世态炎凉，命运对这位遭此不幸的女子更加不平。然而主人公坚贞不屈，没有被不幸所压倒，将寂寞孤独、冷暖哀怨积压于内心深处，在清贫困窘中顽强地生活着。诗人对这位妇女充满同情和赞叹，无疑也暗寓着诗人的身世之感，从这位妇女形象中能看到诗人自己的影子和性格。前人说弃妇就是比喻被逐老臣，新人就是指新贵，全诗亲切、生动，读后令人回肠荡气。

# 梦李白二首

## 其 一

死别已吞声，生别常恻恻。

江南瘴疠地，逐客无消息①。

故人入我梦，明我长相忆。

恐非平生魂，路远不可测。

魂来枫林青，魂返关塞黑。

君今在罗网，何以有羽翼。

落月满屋梁，犹疑照颜色。

水深波浪阔，无使蛟龙得。

【译诗】

死别虽令人哀痛，那绝望的痛苦终会消失，生离的悲伤，使人永久地挂念悲伤。你被流放的地方瘴疠肆虐，我的挚友啊！你至今没一点消息。你一定知道我在苦苦把你思念，你终于来到梦中和我相见。看来你不像当年的风采，路途遥远梦中朦胧，你来时要飞越南方葱茏的枫树林；你去时要漂渡昏黑险要的秦陇关塞。你现在被流放身不由已，怎么还能够自由地飞翔？梦醒时月光洒满了我的屋梁，朦胧中我仿佛看到了你憔悴的容颜。水深波涌浪大江阔，归去的魂魄呵，千万别碰上蛟龙，被那恶兽所伤！

# 其 二

浮云终日行，游子久不至。

三夜频梦君，情亲见君意。

告归常局促，苦道来不易。

江湖多风波，舟楫恐失坠。

出门搔白首，若负平生志。

冠盖满京华②，斯人独憔悴③。

孰云网恢恢，将老身反累。

千秋万岁名，寂寞身后事。

【注释】

①逐客：指李白。

②冠盖：指代官僚。

③斯人：此人，指李白。

【译诗】

天上的浮云整日里飘来飘去，远游的故人却久去不归。连续几个夜晚我都多次梦中见到你，可知你对我的深情厚意。每次匆匆离去时，都说能来相见是多么的不易。江湖上风波险恶，我担心你的船只被掀翻沉没。出门时搔着满头白发，好像在为辜负自己平生之志而悔恨。高车丽服的显贵塞满了京城，却容不下才华盖世的你，使你容颜困苦憔悴。谁说天理公道无欺，迟暮之年却无辜受累。即使有了流芳千秋的美名，也难以补偿在世时受到的冷落悲戚。

## 【赏析】

这二首诗是杜甫在李白流放夜郎后因深切怀念而作。两位诗人在天宝年间相遇后便结成深厚友谊。杜甫赞赏李白的天才，也喜爱李白豪爽的性格，他对李白的不幸遭遇十分同情，由于一直不知道李白流放后的消息，忧思成梦，因而写了这两首感情深挚的记梦诗。李杜交谊深厚，在杜诗中有十多首诗咏李白，对李白的才

能和生平给予了很高的赏识和评价。因此，当杜甫得知李白的不幸时，以梦的寄托追述了他对李白的同情、怀念，同时对李白的无辜受牵连发出无限的愤慨。

# 王 维

王维（701～761），唐诗人。字摩诘，原籍祁（今山西祁县东南），其父迁居蒲州（今山西永济西）。后官至尚书右丞，故世称王右丞。其诗作多写山水、田园，幽静、清新、闲逸的境界与传神、精细、生动的语言，形成了他的独特风格。又工书画，兼通音乐。苏轼称他诗中有画，画中有诗。有《王右丞集》。

## 送綦毋潜落第还乡①

圣代无隐者，英灵尽来归②。
遂令东山客，不得顾采薇③。
既至金门远，孰云吾道非④？
江淮度寒食，京洛缝春衣⑤。
置酒长安道，同心与我违⑥。

行当浮桂棹，未几拂荆扉⑦。

远树带行客，孤城当落晖。

吾谋适不用，勿谓知音稀⑧。

**【注释】**

①綦毋潜：綦毋为复姓，潜为名，字季通，荆南人（治所在今湖北江南），开元中进士，先任宜寿尉，后为集贤待制，迁左拾遗，终著作郎。后兵祸起，社会动乱，辞官归隐江东。

②圣代：政治开明、社会安定的时代。英灵：有德行、有才干的人。

③东山客：东晋谢安曾隐居会稽东山。借指綦毋潜。采薇：商末周初，伯夷、叔齐兄弟隐于首阳山，采薇而食，后世遂以采薇指隐居生活。

④金门：金马门，汉代宫门名，汉代贤士等待皇帝召见的地方。既至二句说，虽然未能考中，但不是因为没有才能。

⑤江淮二句：寒食，古人以冬至后一百零五天为寒食节，断火三日。京洛指东京洛阳。两句说綦毋潜落第后将取道洛阳经过江淮回到家乡。

⑥同心：志同道合的朋友，知己。违：分离。

⑦行当：将要。桂棹：桂木做的船桨。未几：

不久。

 ⑧吾谋二句：吾谋句语本《左传·文公十三年》"子无谓秦无人，吾谋适不用也"，适，偶然。"知音稀"语出《古诗》"不惜歌者苦，但伤知音稀"。二句意谓綦毋潜此次落第是偶然失败，但了解你的才学的知音并不少。

**【译诗】**

 清明盛世还能有什么隐者，杰出人才都在为国家效力。那些幽居山林的世外高人，都抛弃清贫走出寂寞。既然落第不能等待召见，谁说是我国的主张不行？你启程赴考时，江淮正度寒食佳节，现在东京洛阳，家家户户赶着缝制春衣。在长安的郊外，我置酒把盏为你饯行。知心的朋友呵，你就要踏上归家的路程。行船当步，浮舟江海，不几天你就要叩开自家的柴门。你将越走越远，消隐在远方的山林，落日的余辉斜照着这孤零零的古城。我们的谋略一时没有得到赏识任用，请千万别以为人世间缺少你的知音。

## 【赏析】

兴致勃勃去赶考，一心想春风得意，金榜题名，结果名落孙山，无脸见江东父老，心情难免伤感沉重。这首送别友人的诗，给落第之人以慰藉、劝勉，有一种鼓励和振奋的作用。诗意明晰动人，语言质朴真实，充溢着诗人对友人的信任和希望。

# 送　别

下马饮君酒，问君何所之①

君言不得意，归卧南山陲②。

但去莫复问，白云无尽时③。

## 【注释】

①饮君酒：请君饮酒。饮（yìn 印），使动词，使喝。　之：往，去。

②南山：指终南山。　陲：边。

③但：只。

## 【译诗】

我下马为你置酒，问你去向何方。你说你郁郁不得志，打算归去隐居在终南山旁。我理解你内心的悲怆，也不必过多地询问。我知道那山中不定的白云，会驱散你内心的愁闷，给你带来无限欢愉。

【赏析】

诗人为开元中进士，仕途虽然得意政治上也有抱负。但社会现实又使他无法施展才干。这次友人仕途受挫归隐终南山，相送饯别时，诗人在抒发感叹的同时，对友人的归隐产生羡慕向往之情。语句简练而意味无穷。"白云无尽时"一句借景抒情，抒发了诗人难以言喻的深情和苦衷，其中分明流露着诗人对现实的失望和不满。

# 青　溪①

言入黄花川②，每逐青溪水。

随山将万转，趣途无百里③。

声喧乱石中，色静深松里。

漾漾泛菱荇④，澄澄映葭苇⑤。

我心素已闲，清川澹如此。

请留磐石上，垂钓将已矣！

**【注释】**

①青溪：是注入沮水的一条水流，在今陕西省勉县西。

②黄花川：在唐代凤州黄花县，今陕西省凤县东北。二句谓进入黄花川，总是追随着青溪水走。

③"随山"二句：走不到百里路，溪水已随山势千回万转。

④菱荇：两种草本植物。菱，一年生草本，叶浮于水面，果实可供实用。此句谓水波荡漾漂浮着菱荇。

⑤葭：初生芦苇。

**【译诗】**

进走黄花川，每每追逐着清清的溪水。溪水随着山路千回万转，流程还不到百里之遥，流过山间乱石，湍急的水势发出喧响轰鸣。在静谧的山林缓缓流淌，又是那样的温顺娴静。荡漾的清波，漂浮着嫩绿的菱角和荇菜；碧澄如镜的深水潭，倒映着随风摇曳的芦苇。我的心向来淡泊闲静，像那平静淡泊的清溪。我愿将余生寄托在巨石上，垂钓取乐安度一生。

**【赏析】**

王维因在安史之乱中受牵累，政治上受挫折，四十

岁后就隐居蓝田辋川别业，寄情于山水书画之间。晚年所写的山水诗，一条溪流，一道山林，一片云彩，在他的笔下浓墨重彩，动则泼泼喧腾，静则安详幽深，具有鲜明的个性，在当时的诗坛上开拓了自己的艺术天地，形成了一种流派。

这首山水诗作于归隐之后。诗的每一句都可以独立成为一幅优美的画面，全诗又可组合成一组绚丽多姿的画卷。溪流随山势蜿蜒，在乱石中奔腾咆哮，在松林里静静流淌，水面微波荡漾，各种水生植物随波浮动，溪边的巨石上，垂钓老翁消闲自在。诗句自然清淡，绘声绘色，静中有动，画中有诗，诗中有画，托物寄情，韵味无穷。

# 渭川田家①

斜光照墟落，穷巷牛羊归。

野老念牧童，倚杖候荆扉。

雉雊麦苗秀，蚕眠桑叶稀。

田夫荷锄至，相见语依依②。

即此羡闲逸，怅然吟式微③。

## 【注释】

①渭川：即渭水，源出甘肃省渭源县西北乌鼠山，东南经陕西，于华阴县东北渭口入黄河。

②语依依：恋恋不舍地交谈。

③式微：诗篇名。《诗经·邶风·式微》："式微，式微，胡不归?"

## 【译诗】

斜阳照在村墟篱落，放牧的牛羊回到了深深的小巷。村中一位老叟，挂着拐杖倚靠在柴门前，等候放牧晚归的牧童。吐穗华发的麦地里，传来野鸡的阵阵鸣叫声。桑树上桑叶稀疏，蚕儿就要吐丝。从田里归来的农夫扛着锄头，相见时打着招呼絮语依依。此情此景，怎能不羡慕隐居的安详，吟咏着《式微》的诗章，意欲归隐又不能如愿，心绪不免紊乱惆怅。

## 【赏析】

这是王维晚年所写的田园诗之一。诗描写的是初夏

33

傍晚农村一些常见景色：夕阳西下、牛羊回归、老人倚
杖、麦苗吐秀桑叶稀疏、田夫荷锄……这些景象依次出
现，最后以"闲逸"二字加以总结，就贯穿成为一个极
为和谐而又具体生动的完整画面。王维诗歌"诗中有
画"的艺术特色在这里又表现得很明显。王维把农村表
现得这样平静闲适、悠闲可爱，当然是有所美化，这个
图景，是他当时心境的反映，反映了他对官场奔逐的
厌恶。

## 西施咏

艳色天下重，西施宁久微？

朝为越溪女，暮作吴宫妃。

贱日岂殊众，贵来方悟稀。

邀人傅脂粉，不自著罗衣。

君宠益骄态，君怜无是非。

当时浣纱伴，莫得同车归。

持谢邻家子①，郊颦安可希②！

**【注释】**

①邻家子：指西施邻家丑女。

②郊颦：模仿西施皱眉的样子。据《庄子·天运篇》，西施有心痛病，常做皱眉捧心状，邻家丑女见了觉得这种姿态很美，也对人做出捧心皱眉的样子，其邻里中的富人见了，坚决闭门不出；穷人见了，赶快拉着老婆孩子躲开。

**【译诗】**

天下人都重视美色，貌若天仙的西施岂能长久的贫贱？早晨还在越溪边浣纱，夜晚就被选入吴宫成了宠妃。贫贱时她与一般浣纱女没有什么区别，尊贵后才明白自己是稀世的珍奇。梳妆施粉有婢女服侍，穿衣起居也用不着自己动手。君王的宠爱更使她娇态万分，君王爱怜她哪还管什么是非！当年同她一道浣纱的同伴，没有谁能和她同车共荣。奉劝邻家的女子，不必枉费心机去效颦邀宠。

**【赏析】**

这属于咏史的诗。世事茫茫，贫贱尊贵发生在旦夕之间，早上还是一个贫家女子，晚上送入君王侧，成了宠妃，就身价不凡。极富穿透力地讥讽那些由于偶然机遇受到君王恩宠就趾高气扬、不可一世的才士；同时又劝勉世人，不要为了博取别人赏识而摹仿别人，故作姿态，弄巧成拙。整个看来，诗人对西施的骤贵得宠是持批判态度的，诗中寄寓了他对世事无常的感慨。

# 孟浩然

　　孟浩然（689～740），襄阳（今湖北襄阳）人，一生除四十多岁时曾往长安、洛阳谋取功名，在北方作过一次旅行外，其余大部分时间都在故乡鹿门山隐居，或在吴、越、湘、闽等地漫游。晚年张九龄作荆州长史，召他为从事。开元二十八年王昌龄游襄阳，他们相聚甚欢。不久，孟浩然因旧疾复发去世。

　　孟浩然现存诗二百几十首，五言居多，其中五律和排律又最多。他运用格律严格的形式写了大量的山水诗。其诗清远恬淡，飘逸明丽，笔触细腻处处见其用心。他的诗在当时很负盛名，颇受同时代和后世人的推崇。李白曾赞美他"风流天下闻"，杜甫亦称他"清诗

句句尽堪传"，足见他的影响。

　　孟浩然的诗从初唐风行的咏物、应制等狭窄的题材中解放出来，更多地表现了生活的某些方面。但是他的诗内容不够丰富，极少反映广阔的社会面貌。有《孟浩然集》传世。

## 秋登兰山寄张五①

北山白云里，隐者自怡悦。

相望试登高，心随雁飞灭。

愁因薄暮②起，兴是清秋发。

时见归村人，沙行渡头歇③。

天边树若荠，江畔洲如月。

何当载酒来，共醉重阳节。

**【注释】**

①兰山：疑为万山的误写，在襄阳县北。张五：孟浩然的朋友，名子容，排行第五。

②薄暮：傍晚。薄，临近。

③"沙行"句：有人在沙滩上行走，有人在渡头歇息。

**【译诗】**

你住在兰山的白云深处，享受着怡然自得的悠然乐趣。想看一看你居住的地方，登上高高的山岭，心随鸿雁消逝在遥远的天际。日落西山，我心头泛起相思的忧愁，清秋佳节，又使我格外兴奋勃发。时时望见收工的人们，走过沙滩在渡头歇息。远望天边的树木，像荠菜一样细小；江畔中的沙洲，如一轮弯弯的明月。什么时候你载来琼浆玉液，与我共同欢度重阳佳节？

**【赏析】**

这首诗名为寄，实为隔山遥望，不能相见，以清秋登高眺望遥寄来抒发诗人对朋友的思念之情，希望朋友重阳佳节携酒登高。语意亲切自然，寄托了诗人对朋友真挚、怀念之情。孟浩然的山水田园诗，有其飘逸真挚，情景清淡优美，语言淳朴隽永的特色。此诗足为表率。

# 夏日南亭怀辛大①

山光忽西落，池月渐东上。

散发乘夕凉，开轩卧闲敞②。

荷风送香气，竹露滴清响。

欲取鸣琴弹，恨无知音赏。

感此怀故人，终宵劳梦想。

【注释】

①辛大：孟浩然的朋友，名不祥。大，排行第一。

②"开轩"句：轩，窗。闲敞，安静而宽敞的地方。

【译诗】

山后的夕阳不知不觉中忽然西落，池塘上的月亮渐渐升起在东方。我披散着头发，在这幽静的傍晚尽享清凉。推开窗户，我悠闲地躺在宽敞的地方。微风送来荷花清香，竹叶上的露水滴在水池中，发出清脆的声响。想要取出鸣琴来弹奏，可惜又没有知音来欣赏。感叹

呵，如此良辰美景，怎么不思念我的老友；从夜晚到天明，我都在梦中把他想望。

【赏析】

这首诗描绘了夏夜乘凉时，置身在池月、清风、荷香、竹露的景色中的感受。由此而引起了对友人的深切怀念和不能与友人共度良宵而带来的哀愁及情思。诗人记叙所置身的环境时，表达了自己闲适、自在、随意的心情，但也流露出一种孤独寂寞之感。诗中"荷风送香气，竹露滴清响"二句，写景细致入微，为难得的佳句。

# 宿业师山房待丁大不至

夕阳度西岭，群壑倏已暝<sup>①</sup>。

松月生夜凉，风泉满清听。

樵人归欲尽，烟鸟<sup>②</sup>栖初定。

之子期宿来，孤琴候萝径<sup>③</sup>。

**【注释】**

①倏已暝：忽然暗了下来。倏，忽然。暝，昏暗的样子。

②烟鸟：傍晚炊烟中的归鸟。

③萝径：藤萝蔓延的小路。

**【译诗】**

夕阳已经翻越过西岭，群山忽地一片昏黄。月上松枝夜色满含着微微的寒意。风吹动泉水，不断传来阵阵涛声，波声。樵夫都已回去，雾霭中归鸟也入巢栖息。我独自抱着琴，等候在长满青藤的小径上，盼望他早些归来住宿。

**【赏析】**

本诗写在山径等待友人之情景，诗中所写薄暮中的山中景色极有特色。西下的夕阳，忽然昏冥的群山，清凉的夜月，风声泉响，樵人尽归，飞鸟投林，傍晚山中清幽的景色，写得极为动人，极有气氛。与人相约，久等不至，作者却是一点也不心躁惆怅，抱琴独自伫立，耐心静候，充分表露了作者闲适的心境和对朋友的虔诚和信任。

# 王昌龄

王昌龄（698～757），字少伯，京兆长安（今陕西西安市）人。开元十五年（727）中进士，曾任汜水尉、校书郎，贬江宁丞，又贬龙标尉。后世称为王江宁或王龙标。安史之乱时回到故乡，被刺史闾丘晓所杀。

王昌龄是盛唐的七绝圣手，他的诗与同时代的王之涣、高适齐名，擅长于边塞、闺怨、宫怨之作，边塞诗是他的作品的主要内容之一，但成就最高的还是他的七言绝句。《全唐诗》录存其诗四卷。

## 同从弟南斋玩月忆山阴崔少府

高卧南斋时，开帷月初吐①。

清辉澹水木，演漾在窗户。

荏苒②几盈虚，澄澄变今古。

美人清江畔，是夜越吟③苦。

千里其如何？微风吹兰杜。

**【注释】**

①"开帷"句：帷，窗帘。月初吐，月亮刚露面。

②荏苒：时光渐渐过去。

③越吟：本于《史记·张仪传》，越人庄舄在楚国做官，曾唱越声以寄乡思之情。此处设想崔少府一定在苦吟思乡的诗篇。

**【译诗】**

悠闲地躺卧南斋，拉开帷帘见明月初上。在它清辉的沐浴下，树影随着水波轻轻摇晃，水月的清光映照在窗户上，不住地徘徊荡漾。岁月流逝，月亮圆缺不知经过了多少反复；世间几度沧桑巨变，它仍然像原来那样清亮澄莹。日夜思念的人呵，你远在清江河畔，当此月圆良宵，一定伤感地吟诵思乡之曲。两地相隔千山万水，我们却共享一个明月的光辉。你远播的名声，如同兰花杜若吐露的清香，千里之外也会随风吹来。

【赏析】

玩月赏月，是文人生活中的一大景观。这首由赏月而思慕好友离别的诗，通过月圆月缺古今不变这个常理，联想到人世间聚散离别无常，引发出对友人的思念和感慨。末尾四句是称颂友人的高洁的德行，实际也是反映诗人自己高洁的情怀。

# 丘 为

丘为（生卒年不详），苏州人。天宝初进士，官至太子右庶子，与王维、皇甫冉、刘长卿均有唱和。王维很赞许他的诗。《全唐诗》录存诗十三首。

## 寻西山隐者不遇

绝顶一茅茨①，直上三十里。

扣关无僮仆，窥室惟案几。

若非巾柴车，应是钓秋水。

差池不相见，黾勉空仰止<sup>②</sup>。

草色新雨中，松声晚窗里。

及兹契幽绝<sup>③</sup>，自足荡心耳。

虽无宾主意，颇得清净理。

兴尽方下山，何必待之子。

**【注释】**

①茅茨：茅屋。茨，用茅草、芦苇盖的房子。

②"黾勉"句：我殷勤敬仰而来，却没见到人，徒有钦敬仰望之意。黾勉，尽力。仰止，钦仰。

③"及兹"句：来到这里后，幽静的景色使我很惬意。兹，此。契，惬意。

**【译诗】**

我径直攀上三十里之遥的山顶，寻访一位在这里结

茅屋而居的隐士。久叩柴门也没听到童仆答应，从壁缝中往屋里窥看，只有桌椅而无人踪影。他不是驾柴车外出云游，就是到秋水渊潭垂钓去了。我们是如此的无缘，彼此错过没有相见。我踟蹰在茅屋前，空负了我对他的满腔热情。雨后草色青翠嫩绿，松涛声声此起彼伏。这清幽的景色使我多么惬意，心胸和耳目顿时旷达开畅。虽然没有领受到主人待客的厚意，但却得到了一种清净高雅的情趣。乘兴而来，兴致已得到满足，何必要等到他来相见呢？

## 【赏析】

本诗描写的是寻访山中隐者不遇所见的情景和感受。诗对隐居生活的闲逸清高作了着意渲染。一心想见隐者，主人却不在，人去房空，心情难免有些尴尬和惆怅，但友人居所的自然景观，草色松声的优雅环境，使诗人感到别有情趣，而获得一种意外收获，不空手归，心理得到一种满足。诗末两句用典点题，有画龙点睛之效。

# 綦毋潜

綦毋潜（692～749），字孝通，荆南（湖北江陵）人。开元十四年（726）进士及第，授宜寿尉，入为集贤院待制，迁右拾遗，复授校书，终著作郎。安史之乱后，归隐家居，与王维、李颀、韦应物等人有诗唱和。王维《别綦毋潜》诗称其"盛得江左风，弥工建安体。"他的诗多写隐逸之思，以其清秀风貌著称当时。《全唐诗》录存其诗一卷。

## 春泛若耶溪

幽意①无断绝，此去随所偶②。
晚风吹行舟，花路入溪口。
际夜转西壑，隔山望南斗。
潭烟飞溶溶，林月低向后。
生事且弥漫③，愿为持竿叟。

【注释】

①幽意：归隐的意念。

②随所偶：没有目标，随便到什么地方。偶，遇。

③"生事"句：世事茫然无尽。生事：生活，人事。弥漫：渺渺茫茫，无穷无尽。

【译诗】

寻幽探奇的心意不曾断绝，驱使我随河漂流而去。晚风吹着小船缓缓而行，驶入春花夹岸的溪口。入夜后转到西边的山谷，隔着高高的山崖仰望蓝天上的南斗。清潭上雾霭朦胧，小船漫漫地漂行，将月亮和两岸树木抛在身后。人生世事如弥漫的烟雾，看不到头，望不到边。勿宁做临渊垂钓的老翁，逍遥自适无拘无束。

【赏析】

本诗描写春夜泛舟若耶溪所见的美丽景色，表现了诗人厌烦世事，寄情山水的思想感情。诗人所过之处，花路、沟谷、潭烟、林月等景色，都给人一种幽美的情趣感受。诗人以自然景象譬喻人生，"生事且弥漫，愿为持竿叟。"诗人虽曾为仕，但却一心向往清幽、远离纷争的隐居生活。

# 常 建

　　常建（生卒年和籍贯均不详）开元十五年（727）进士，曾为盱眙县尉。其诗以山水田园为主要题材，风格接近王、孟。殷璠《河岳英灵集》，以常建诗为首。《全唐诗》录存其诗一卷。

## 宿王昌龄隐居

清溪深不测，隐处惟孤云。
松际露微月，清光犹为君①。
茅亭宿花影②，药院滋苔纹。
余亦谢时去③，西山鸾鹤群。

【注释】

　　①"清光"句：一片清淡的月光特意为你而照。

②宿花影：在深夜，花影似乎也沉睡了。

③"余亦"句：我也要摆脱世俗的牵累。

【译诗】

　　清溪远流望不到尽头，隐居之处只有孤云飘浮。松际间明月悄悄升起，看见了清光犹如看到了你。茅亭台前花影如眠，种药的庭院长满了青苔。我将远离纷繁的世俗，到西山与成群的鸾凤白鹤为伍相伴。

【赏析】

　　本诗写王昌龄隐居处的景色，着意描写隐居的清高闲逸。清溪孤云，松际微月，茅亭花影，药院苔纹，把隐居地的清峭幽绝写得分外动人。全诗含蓄表达了对官场世俗生活厌弃之情。

# 岑 参

　　岑参（715～770），南阳（今河南省南阳）人，天宝三年（744）中进士，天宝八年到安西节度史高仙芝幕中任掌书记（秘书）。天宝十三年，又去北庭都护伊西节度使封常清处任判官（文书官）。安史之乱后，岑

参受杜甫等举荐任右补阙，此后又做过嘉州刺史等官。

岑参几次出塞，熟悉边塞的戎马生活，对西北少数民族地区的自然风光和文化、风俗有深刻的了解，因此他以写边塞诗最为擅长，成就最高。他和高适代表着唐诗中的一个重要流派。这个流派以其独特的创作内容和艺术风格，为唐代诗歌的繁荣作出了贡献。现在的诗集有《岑嘉州集》。

## 与高适薛据登慈恩寺浮图

塔势如涌出，孤高耸天宫。

登临出世界，磴道盘虚空。

突兀压神州，峥嵘①如鬼工。

四角碍白日，七层摩苍穹②。

下窥指高鸟，俯听闻惊风。

连山若波涛，奔凑③似朝东。

青槐夹驰道，宫观何玲珑。

秋色从西来，苍然满关中。

五陵北原上，万古青濛濛。

净理了可悟④，胜因夙所宗⑤。

誓将挂冠去，觉道资无穷。

【注释】

①峥嵘：高峻不平凡的样子。

52

②摩苍穹：迫近天空。摩，迫近。苍穹，天空。

③奔凑：从各方面奔来，汇合在一起。

④"净理"句：觉悟了清净寂灭的佛理。净理，佛教寂灭成真的道理。了，了然。悟，觉悟。

⑤"胜因"句：善缘素来为我所信奉和追求。胜因，善缘。夙，素来。宗，信仰。

【译诗】

拔地涌出的宝塔，高耸入云直指天宫。随着盘旋的石级向上攀登，就像登临广阔的天空。超脱了世俗的烦扰。塔身雄伟挺拔盖过中国大地，塔势高峻神奇出自鬼斧神工。四角仿佛阻碍了太阳的运转，七层的塔峰可与青天相摩擦。往下看，小鸟在脚下飞翔，俯身听，呼啸的山风擦塔而过。起伏连绵的群山如大海的波涛，一浪推一浪向东逝去。辇车驰道两旁长满了青青的槐树，宫室楼台建造得何等精巧细致。秋色随风从西面飘来，苍茫弥漫了整个关中。北原上的汉代五陵，万古以来就是那样的迷茫。明白了清净的佛理，我素来信奉善因必有善果。一定要挂冠辞官而去，皈依佛道修行，终身将受用不尽。

【赏析】

这首诗作于752年秋。当时同登慈恩寺的还有杜甫、储光羲，五人都写了诗。沈德潜认为：登慈恩寺塔，少陵（杜甫）下应推此作。此诗描写塔的高大以及登塔眺望所见的景色，着意渲染了塔的雄伟壮观，笔力粗健，气势奔放，境界雄豪。全诗结构谨严，层次分明。末四句写登塔的感慨，发出了悟"净理"，挂冠退隐的议论，委婉地表露了仕途不顺的苦闷心情。

# 元　结

元结（719～772），字次山，唐汝州鲁山（在今河南省）人，天宝十二年（753）进士。安史之乱后期，他被任命为山南东道节度参谋，曾招募义军抗击史思明南侵。唐代宗时任道州（今湖南道县）刺史等职。

元结在文学创作上反对浮艳文风，主张发挥其"救世劝俗"的社会作用。他写了一些同情人民疾苦的诗篇，最有名的《舂陵行》和《贼退示官吏》，曾得到杜甫的高度赞赏，有《元次山集》传世。

# 贼退示官吏（并序）

　　癸卯岁，西原贼入道州，楚烧杀掠，几尽而去。明年，贼又攻永破邵，不犯此州边鄙①而退。岂力能制敌欤？盖蒙其伤怜而已②！诸使何为忍苦征敛？故作诗一篇以示官吏。

昔年逢太平，山林二十年。

泉源在庭户，洞壑当门前。

井税有常期，日晏犹得眠。

忽然遭世变，数岁亲戎旃③。

今来典斯郡，山夷又纷然。

城小贼不屠，人贫伤可怜。

是以陷邻境，此州独见全。

使臣将王命，岂不如贼焉。

今彼征敛者，迫之如火煎。

谁能绝人命，以作时世贤。

思欲委符节，引竿自刺船。

将家就鱼麦④，归老江湖边。

**【注释】**

①边鄙：边境。

②"盖蒙"句：大概承蒙他们可怜受到伤害的百姓吧。

③产戎旃：亲自参加军事活动。戎旃，军中营帐。

④"将家"句：带领全家去打鱼耕田。将，带领。

**【译诗】**

代宗广德元年（763），广西境内的少数民族聚伙攻入道州城，烧杀掳掠，几乎把城池洗劫一空后退去。第

56

二年，他们又攻破永州和邵州，但却没有侵犯道州边境而退去。这不是因为道州加强了防御能克制他们，实则是他们可怜这个小城而已。各位使臣为何能昧着良心，苦心地追逼征敛。因此，赋诗一篇，官吏们看后，感慨如何。

过去欣逢世道太平，山林中隐居二十年。庭院中泉水涓涓，门前高山峡谷幽深。政府收取赋税有规定限度，百姓安居乐业日夜过得安宁。世事突然骤变，战乱烽烟四起，我在军旅中参谋军事数年，现在来治理这个州郡，居住在山中的蛮夷纷纷作乱。城小得连他们都不忍来屠掠，同情哀怜这里贫穷。所以邻近的州郡被攻陷，这个地方却有幸免遭劫难。使臣们奉令收取租税，还不如盗贼有恻隐之心。交纳租税的百姓，被逼迫得如在火上煎熬。怎能断绝人们的生路，以换取贤臣的美名。思前想后，不如辞去官职，自己撑船离开这个地方。带着家眷，移居它乡，在江河渊潭边独享晚年的欢乐。

**【赏析】**

这首诗的中心思想，可一言以蔽之：苛政猛于盗贼。作为一个有良心的文人、官员，元结不想逼百姓上死路、而想归于田园江湖，不闻不问，心里安些。全诗表达了同情人民疾苦，反对横征暴敛的深沉思想感情。

# 韦应物

　　韦应物（737～790），长安（今陕西西安市）人。天宝末年，为唐玄宗"三卫郎"（宫廷侍卫之一种），生活放浪不检。后来悔悟，折节读书。唐代宗永泰年间（765～766）任洛阳丞，转京兆府功曹。后曾辞官闲居。唐德宗建中二年（781）任比部员外郎、滁州刺史、江州刺史、苏州刺史。

　　他的诗歌大量是写田园山水的，但也不乏反映民瘼、斥责贪吏、讽刺豪门的诗篇。在写田园山水的诗中也往往流露出对人民疾苦的同情。在艺术上，他接受陶渊明、谢灵运、王维等的影响，特别是一些山水诗，高度锤炼之后而以自然平淡出之，形成自己独特的风格。有《韦苏州集》。

## 郡斋雨中与诸文士燕集

兵卫森画戟，燕寝凝清香。

海上风雨至，逍遥池阁凉。

烦疴①近消散，嘉宾复满堂。

自惭居处崇②，未睹斯民康。

理会是非遣，性达形迹忘。

鲜肥属时禁，蔬果幸见尝。

俯饮一杯酒，仰聆金玉章。

神欢体自轻，意欲凌风翔。

吴中盛文史，群彦今汪洋③。

方知大藩地，岂曰财赋强④。

**【注释】**

①烦疴：扰人的疾病。疴，病。

②居处崇：身处高位。崇，高。

③"群彦"句：英才荟萃。彦，对文士的美称。

④"岂曰"句：岂能说只是财税富足之地。

**【译诗】**

　　手持画戟的卫兵排列像森林，内室凝集着焚香散发的芬芳。海上的风雨飘然而至，池边阁房顿时清凉。烦闷躁热立即消散。宾客云集整个厅堂。官署的豪华使我感到惭愧，居深宫看不见百姓是否安康。通晓事物之理就能分清是非，天性旷达就可忘掉一切。盛夏禁食鲜鱼肥肉，多把蔬菜水果品尝。俯首喝杯美酒，抬头恭听诸君优雅华章。神情舒畅身体也感到轻盈，真想凌风飞上广阔的天空。苏州汇聚了众多的才子，才学之士如群星灿烂。我终于知道都市为什么繁荣兴盛，不是物产丰富，而是会萃了天下才人学士。

## 【赏析】

这首诗作于韦应物任苏州刺史时，描写与文士宴集的情形。诗中反映了诗人对人民疾苦的关注和对吴中文人的赞扬。"自惭居处崇，未睹斯民康，"在高位、宴乐之中仍不忘百姓的安康，显示出一个正直的封建官员的良心和美德。最后作者把文人的作用与大都市的发达结合起来，对吴中的文人给予了高度的赞扬。此诗的"兵卫森画戟，燕寝凝清香"二语为历代说诗者传读，谓其气象森严中有闲适，下字凝炼准确。

## 初发扬子寄元大校书

凄凄去亲爱，泛泛入烟雾。

归棹<sup>①</sup>洛阳人，残钟广陵树<sup>②</sup>。

今朝此为别，何处还相遇。

世事波上舟，沿洄安得住？

## 【注释】

①归棹：归船。棹，船桨，代指船。

②"残钟"句：树丛中传来广陵寺钟的余音。广陵，今扬州市。

## 【译诗】

凄然地辞别好友，泛舟入烟雾弥漫的江上。在这乘船返回洛阳之际，传至广陵树间的钟声，勾起了我无限惜别之情。今朝在此离别，以后不知在什么地方才能相逢。世间的事如同浪里行舟，不是顺流直下，就是回旋逆转。

## 【赏析】

此是作者在归洛途中的船上写给元大的留别诗。"凄凄"形容离去心情的愁苦悲伤，"泛泛"写船在无尽风烟中飘游，进一步抒写心情的惆怅。"归棹洛阳人，残钟广陵树"是历代公认的名句，借景抒情，不着痕迹。后四句慨叹身世浮沉，世事无常，友人难以聚会，感情极为深沉。表现方法仍是借景抒情，以舟的沿洄不

定比喻世事无常，寓人生哲理于景象描写中，含蓄深婉。


# 寄全椒山中道士


今朝郡斋冷，忽念山中客。

涧底束荆薪，归来煮白石①。

欲持一瓢酒②，远慰风雨夕。

落叶满空山，何处寻行迹。


【注释】

①白石：晋葛洪《神仙传》：白石先生"尝煮白石为粮。"此处指道士不同凡俗的饮食。

②一瓢酒：一壶酒。瓢，将葫芦从中剖开，用来盛水或酒等，此处代指酒具。《论语》："一箪食，一

瓢饮。"

**【译诗】**

今天斋舍受到寒冷侵袭，忽然想念起山中的友人。也许他在涧底打柴，回来煮白石为粮修炼为仙。在这凄风冷雨的季节，我应带一壶佳酿，探慰远山的友人。落叶覆盖了萧森的山林，飘浮无定的友人呵，叫我到哪里去寻找你的踪迹。

**【赏析】**

这首诗写对山中道士的友情，作者在风雨之夜想持酒去探望山中的道士，又担心不能相遇，所以只能以诗寄意。诗中的道士形象鲜明，他过着"涧底束荆薪，归来煮白石"的神仙般生活。而"落叶满空山，何处寻行迹。"一句，自然而富有韵致，留给人以无穷意味，为后世论者所鉴赏。全诗用语平直，意境幽远。

## 长安遇冯著

客从东方来，衣上灞陵雨。

问客何为来，采山因买斧。

冥冥①花正开，飏飏燕新乳②。

昨别今已春③，鬓丝生几缕？

【注释】

①冥冥：默默无语的样子。

②"飏飏"句：新生的燕子在轻快地飞翔。飏飏，鸟飞翔的样子。新乳，新生的燕子。

③"昨别"句：去年一别，今又逢春。昨，指去年。

【译诗】

友人自东方来，衣衫上还滞留有灞陵的雨露。问客人有什么事到京城来，客人说："因为要买开山种地的斧子。"沐浴了春风的繁花正在盛开，刚哺育了幼雏的燕子欢快地飞翔。就像昨天才离别。今天却已过了一冬春。岁月的变迁，使他两鬓又新增了几缕白发。

**【赏析】**

在一个春暖花开的日子里，诗人见到朋友冯著。冯著是诗人的好友，韦应物曾数次写诗给他。如今冯著要隐居山中了，他是为了伐木之需而入长安买斧的，衣上似还沾着灞陵的春雨。这里笔调略含诙谐，其实字里行间流露出作者对冯著的关心。"冥冥"二句，表面是写春景，实则也写出了韦应物碰见老友的欣喜之情，诗人对冯著很关切：好像昨日才分别似的，不觉又是一年春了，你的头发又白了几茎呢？这中间也夹杂了韦应物对时光易逝的感慨。全诗委婉曲折，含蓄风趣，令人回味。


## 夕次盱眙县

落帆逗淮镇①，停舫临孤驿②。

浩浩风起波，冥冥③日沉夕。

人归山郭暗，雁下芦洲白。

独夜忆秦关，听钟未眠客。

**【注释】**

①落帆：停船。逗：停留。淮镇：淮河岸边的小

镇，盱眙县在淮河南岸。

②舫：船。驿：古时供公务人员住宿换马的地方。

③冥冥：昏暗的样子。

## 【译诗】

落下风帆，船只停留在淮水边上的一个小镇，这里临近一家孤独的旅舍。长风浩浩，掀波翻浪，残阳西沉，大地昏暗。人归家舍，山峦静寂，飞雁栖宿，芦洲在月光照耀下银光泛白。在这孤独冷清的夜晚，浑厚的钟声，使我听此难以入睡。

## 【赏析】

这首诗写旅途中的客思。诗中抒写了因路遇风波而夕次孤驿，在孤驿中所见全是秋日傍晚的一片萧索的景象，夜听寒钟思念故乡，彻夜未眠。一片思乡之情和愁绪全在景物的描写之中。诗的妙处，都在能寓情于景，情景交融。本诗对旷野苍凉凄清的夜景极尽渲染，把风尘飘泊，羁旅愁思烘托得强烈感人。

# 东　郊

吏舍跼终年，出郭旷清曙。

杨柳散和风，青山澹吾虑①。

依丛适自憩，缘涧还复去。

微雨霭芳原②，春鸠鸣何处？

乐幽心屡止，遵事迹犹遽。

终罢斯结庐，慕陶真可庶③。

## 【注释】

①澹吾虑：使我的思虑感到宁静、澄清。澹，静止，澄清。

②霭芳原：使芳草地烟雾迷蒙。霭，云雾。

③"终罢"二句：我最终将辞去官职在此筑室归隐，满足我敬慕陶渊明的心愿。可庶，差不多。晋陶渊明诗："结庐在人境，而无车马喧。"这里用陶诗意。

## 【译诗】

整月整年被局限在官署衙门，怎不令人厌倦烦躁。出郊漫游，在清幽的曙色中心旷神怡。和风轻拂垂柳，青山静谧寂然，使我忘却了官场中繁冗的事务。靠着树丛歇息，我感到非常的舒适和宁静。沿着山涧小道，来回徘徊不肯离去。昨夜一场喜雨，滋润了清新的原野，处处散发出沁人心脾的芳香。斑鸠咕咕鸣叫，却不知从哪里传来。如此幽静的胜景，使我心驰神往，乐而忘返。很想在此长住，每次都是公务紧迫不能如愿。总有一天，我将辞去官职，到山林深处，营造一间茅屋；像陶潜那样，自在潇洒地隐居。

**【赏析】**

这首诗描写春日郊游情景。面对充满生机的美好春景，诗人被陶醉了，产生了弃官归隐的念头。明显地表达了诗人对官场不自由生活的厌倦，对陶潜的隐居生活的向往。诗的艺术特色与淘潜相接近。

# 送杨氏女

永日方戚戚<sup>①</sup>，出行复悠悠。

女子今有行<sup>②</sup>，大江溯轻舟。

尔辈苦无恃，抚念益慈柔。

幼为长所育，两别泣不休。

对此结中肠，义往难复留。

自小阙内训<sup>③</sup>，事姑贻我忧。

赖兹托令门，任恤庶无尤<sup>④</sup>。

贫俭诚所尚，资从岂待周。

孝恭遵妇道，容止顺其猷。

别离在今晨，见尔当何秋？

居闲始自遣，临感忽难收。

归来视幼女，零泪缘缨流⑤。

## 【注释】

①永日：整日。方：在。戚戚：悲愁的样子。

②有行：出嫁。本于《诗经·邶风》："女子有行，远父母兄弟。"

③阙内训：缺少母亲的训教，阙，同"缺"。内训，《后汉书·班昭传》："作《女戒》七篇，有助内训。"

④"赖兹"二句：由于把你托付给了个好人家，所得到的爱怜一定不会少。令，好。任恤，爱怜。庶，见《东郊》注。尤，差错。

⑤"零泪"句：借自郭璞《游仙诗》："悲来测丹心，零泪缘缨流。"缘，沿着。缨，系帽子的带。

## 【译诗】

整日是悲喜哀伤，出门远行路途悠悠。女儿今天出嫁，轻舟溯江而去。你自幼痛失母亲，抚育你时益发倾注了我心中的慈爱。幼小的妹妹依靠姐姐抚育，分别时姐妹哭泣不止。她们相互倾吐衷曲，女大当嫁自不能把你挽留。你自小没有得到母亲的训导，事奉公婆不能不使我担忧。令人欣慰的是你托身贤惠人家，会得到他们的信任和体恤。家道清贫，节俭、诚信为我们所崇尚，嫁妆哪能备办得十分周全。孝顺恭敬长幼，恪守妇德规

范；容貌举动要合乎礼节要求。父女离别就在今晨，以后相见却不知要等到哪个春秋？闲居时还能自我解遣悲愁，临别时的伤感真是难收。回来看到留在身边的幼女，禁不住又流下悲喜的眼泪。

## 【赏析】

诗人的大女儿出嫁，他的心情异常复杂，写下了这首诗。嫁女本来是喜事，可是"可怜天下父母心"，毕竟"心头之肉"就要离己而去，而且路途遥远，将来会面就不容易了。尤其是嫁女儿出门，归来看到女儿原先房中空空，回视幼小的女儿的眼神，那种凄恻、那种离别的伤感，怎能用语言来表达呢？我们可以想见诗人想痛哭一场的情感。

这是一幅令人肠断的"嫁女图"！

# 柳宗元

柳宗元（773～819），字子厚，河东（今山西永济县）人。贞元九年（793）进士。顺宗时，积极参与王叔文主持的政治改革。失败后，被贬为永州（今湖南零陵县）司马，后调柳州（今广西省柳州市）刺史。病死于任所。

柳宗元和韩愈一起，积极提倡"古文"，推动了唐代的"古文运动"，写了不少优秀的散文。他的诗歌别具一格，卓然成家，言畅意美，具有浓郁的导扬讽谕的艺术魅力。在内容上，除了反映人民的苦难，揭露统治阶级的横征暴敛和腐朽荒淫而外，更多的是抒写个人理想与现实的矛盾。在艺术上，他善于向前人学习，能够准确地捕捉客观形象，运用表面看来似乎平淡，实际经过精心选择、锤炼而不露斧凿痕迹的语言，把它表现出来。苏轼谓其"外枯而中膏，似淡而实美"（《评韩柳诗》），把"枯"和"膏"、"淡"和"美"和谐地统一起来，饶有兴味。有《柳河东集》传世。

# 晨诣超师院读禅经

汲井漱寒齿，清心拂尘服。

闲持贝叶书①，步出东斋读。

真源了无取，妄迹世所逐。

遗言冀可冥，缮性何由熟②？

道人庭宇静，苔色连深竹。

日出雾露余，青松如膏沐。

澹然离言说③，悟悦心自足④。

【注释】

①贝叶书：佛经。印度人用贝多罗树的叶子书写佛经，故称佛经为贝叶书，或贝叶经。

②"遗言"二句：佛经中的遗言，可希望它在现实中暗暗应验，而对于修养本性的工夫如何才能精通圆熟呢？冀，希望。缮，修持。

③"澹然"句：内心宁静冲淡，无法用言语表达。

④悟悦：觉悟佛道的乐趣。

【译诗】

吸取清明透亮的蟠水洗漱口齿，再拂去沾在衣衫上的尘埃。内清心外洁净，我才捧着经书，走出书斋逐字逐句诵读。真正的本意不被人们领悟。荒诞虚妄却被人们乐道追寻。经书劝善修行积德，来生必有好报；修养本性怎能会熟知这样的道理。僧人的庭院静寂幽雅，青苔蔓延到竹林深处。太阳徐徐升起。晨雾还未散尽，晓露映着日光，葱郁的青松仿佛用油脂刚刚沐浴。我心宁静得难以言说，能领悟到这种境地，其自乐自足矣。

**【赏析】**

此诗写作者到禅师院读佛经的感受。作者贬永州后好到佛院遨游，也热心读佛经，研寻佛理。但他对佛教究竟是什么态度呢？柳宗元此诗想以寂静之境来印证佛理，诗人是想在此环境、在此心境中暂时忘却尘世的烦扰和苦闷。这首诗有点类似于"玄言诗"。

## 溪 居

久为簪组束①，幸此南夷谪②。

闲依农圃邻，偶似山林客。

晓耕翻露草，夜榜③响溪石。

来往不逢人，长歌楚天碧。

**【注释】**

①"久为"句：长久以来被官职所束缚。簪，古代的冠饰。组，古代用作佩印或佩玉的绶带。簪组，代指官职。

②南夷谪：指诗人被贬谪到南方的偏远之地。夷，古称少数民族。

③榜：船桨。此指划船。

**【译诗】**

长久地为做官所羁累，庆幸贬谪南来这荒夷之地。闲居时与农田菜圃相邻，有时就像山林隐士。天将拂晓，踏着朝露披着晨雾，耕田除草；日暮降临，放舟荡漾漂流青山绿水间。去来都孤寂不遇行人，我放声高唱，歌声久久地在沟谷碧空中回响。

**【赏析】**

这首诗是作者被贬为永州司马后作的。表面上自我排遣，也自得其乐，实际上曲折地表达被贬谪的幽愤。自己被迫不得不过着隐居般的生活，作者壮志难酬，苦闷之情就悄然隐入字里行间。

# 乐 府

据《汉书·礼乐志》记载，汉武帝时，设立采集各地歌谣和整理、制订乐谱的机构，名叫"乐府"。后来，人们就把这一机构收集并制谱的诗歌，称为乐府诗，或简称乐府。到了唐代，这些歌辞的乐谱虽然早已失传，但这种形式却相沿下来，成为一种没有严格格律、近于五七言古体诗的诗歌体裁。

# 王昌龄

## 塞上曲①

蝉鸣空桑林，八月萧关道。
出塞复入塞，处处黄芦草。

　　　　　　从来幽并客，皆共尘沙老。

　　　　　　莫学游侠儿，矜夸紫骝好②。

## 【注释】

　　①塞上曲：又名《塞下曲》，汉乐府横吹曲辞。塞，边境上险要之处。

　　②"矜夸"句：炫耀自己的骏马好，意谓仗着自己的骑射工夫四处游荡，惹是生非。矜，自夸。紫骝，此处代指骏马。骝，骅骝，周穆王八骏之一。

## 【译诗】

　　桑叶凋零，寒蝉悲鸣，八月后的萧关大道，行走着一队队威武的戍兵。塞内塞外秋风秋色，浸透着阵阵寒气，茫茫原野，处处被枯黄的芦草覆盖。来自幽州并州的英勇军士，都在边疆沙场征战到老。切莫学游侠骑士，高傲自夸自己的坐骑如何好。

## 【赏析】

　　王昌龄的边塞诗，大都写得意气昂扬。初秋时分，知了在桑林里鸣叫，萧关道上苇叶已经枯萎，征人来往频繁。收获之季，北方少数民族的统治者常在此时举兵掠夺，塞上形势紧张。但居住在幽州、并州的健儿，为了保卫国家，在沙尘、战尘中度过了一生，他们不以此为苦，国家正是因为有了他们，才得安全的。无疑，诗人对他们是满怀着敬意的。一句"从来幽并客，皆共尘沙老"，说出了征战之士的辛苦。全诗极写塞上的秋寒萧瑟，慷慨动人。

## 塞下曲

饮马渡秋水，水寒风似刀。

平沙日未没①，黯黯见临洮②。

昔日长城战，咸言意气高③。

黄尘足今古，白骨乱蓬蒿。

**【注释】**

①"平沙"句：茫茫无际的沙漠上，太阳欲落未落。

②"黯黯"句：可见黑压压的临洮城。黯，深黑色。临洮，在今甘肃岷县，临近洮水，秦筑长城西起于此。

③"咸言"句：都说士兵斗志高昂。咸，都。

**【译诗】**

给战马喝足水喂饱料，渡过秋水开赴边塞。水寒浸骨，疾风如刀。茫茫沙漠，西沉的夕阳还没有隐没，暮色中远望临洮朦朦胧胧。昔日长城争战频繁，将士气慨高昂可歌可泣。从古到今，黄沙滚滚弥漫长城内外；遍地遗骸，荒草从中处处杂陈。

**【赏析】**

诗人描绘了战争的残酷，出征时水塞风冷，扎营时露宿沙漠，战后死亡惨重，白骨累累，满目悲凉。一将功成万骨枯，诗意是明晓的：作者不赞成无谓的征战、杀伐。

# 李 白

## 关山月

明月出天山，苍茫云海间。

长风几万里，吹度玉门关。

汉下白登道①，胡窥青海湾。

由来征战地，不见有人还。

戍客望边邑②，思归多苦颜。

高楼当此夜③，叹息未应闲。

【注释】

①下：指出兵。白登：山名，在今山西大同市东
北，匈奴曾围汉高祖于此。

②戍客：指戍边的士兵。

③高楼：指住在高楼里士兵的妻室。

【译诗】

巍巍天山，苍茫云海，一轮明月倾泻银光一片。浩
荡长风，掠过几万里关山，来到戍边将士驻守的边关。

汉高祖出兵白登山征战匈奴，吐蕃凯觎青海大片河山。这些历代征战之地，很少看见有人庆幸生还。戍守兵士仰望边城，思归家乡愁眉苦颜。当此皓月之夜，高楼上望月怀夫的妻子，同样也在频频哀叹，远方的亲人呵，你几时能御装洗尘归来！

**【赏析】**

古乐府《关山月》传统的主题就是写征戍之苦。李白此诗是继承这一主题，叹息前方战士的苦辛和后方思妇的愁苦的。诗一开始以天山明月出没于苍茫云海起兴，由万里长风把人们带到遥远的边塞，接着写征战的激烈和战争的严酷。然后写戍客思归，闺妇怀远。诗的主题是非战，表现了诗人对征戍战士及其家属的无限同情。全诗气势雄浑，意境苍茫，感人至深。

# 子夜吴歌

长安一片月，万户捣衣声①。

秋风吹不尽，总是玉关情。

何日平胡虏，良人罢远征？②

**【注释】**

①捣衣：妇女把织好的布帛放在砧上，用杵捶击，

使之软熟，以备裁缝衣服。

②良人：古代妇女对丈夫的称呼。

## 【译诗】

长安城里皓月当空，千家万户忙忙碌碌捶捣布帛。秋月秋风送砧声，传到边关递深情。哪日才能荡平敌寇，亲人呵！将从此不再远征。

## 【赏析】

这首诗是李白所写乐府组诗《子夜四歌》中第三首"秋歌"，写的是思妇对出征战士的怀念。全诗着力描写了一幅情意深浓的妇女捣衣怀远图。千家万户的捣衣声声，传出妇女多少哀怨；萧萧的秋风吹不尽怀念玉关的深情。这都是战争给人民带来的愁苦，诗的题旨和《关山月》是一致的。

# 长干行

妾发初覆额，折花门前剧①。

郎骑竹马来，绕床弄青梅。

同居长干里，两小无嫌猜。

十四为君妇，羞颜未尝开。

低头向暗壁，千唤不一回。

十五始展眉，愿同尘与灰。

常存抱柱信②，岂上望夫台？

十六君远行，瞿塘滟滪堆。

五月不可触，猿声天上哀。

门前迟行迹，一一生绿苔。

苔深不能扫，落叶秋风早。

八月蝴蝶来，双飞西园草。

感此伤妾心，坐愁红颜老。

早晚下三巴，预将书报家。

相迎不道远，直至长风沙。

**【注释】**

①剧：游戏。

②抱柱信：据《庄子》载，尾生与一女子相约在桥下相会，女子未来，大水上涨，尾生便抱着桥柱，直至被水淹死。后遂用"抱柱信"指坚守信约。

**【译诗】**

还在头发刚覆盖额头的童年，我们就折枝攀花玩游戏。你跨着竹竿当马骑，相互投掷青梅逗弄嬉戏。同住一个地方，两颗天真幼稚的心灵，几乎没有半点嫌疑。十四岁懵懂与你结为夫妻，羞涩时时泛上脸庞。面壁而

坐低头不语，任你千呼万唤，也不回眸看你一眼。十五岁才晓事不再羞涩，眉宇间展现感情的微笑，一心与你同生共老。我常存美好的愿望，夫唱妇和长相厮守；你不会久别不归，我也不会登上那让人心碎的望夫台。我十六岁正值豆蔻年华，你却离家远行，来去都要渡过那险滩瞿塘峡滟滪堆。五月春水高涨湍急，我不得不为你的船只安全担心。峡江两岸的猿啼，声声哀切响入云霄。家门前你留下的踪迹，处处都长满了青苔。青苔又深又厚，简直无法清除。落叶纷纷，今年的秋风来得特别早。进入八月来，双双蝴蝶在西园草丛欢快飞舞，触动了我的伤心处，孤寂地坐等红颜慢慢地衰老。何时你能出巴返家，首先要预写书信来家。迎接你哪怕路途千万里，就是跋涉到长风沙，我也要把你相迎。

## 【赏析】

这是一个动人的爱情故事，诗人摘取商妇生活中几个典型片断，从两小无猜到初婚时的羞涩；从美好的愿望到现实的离别；从对丈夫商途的平安担心到真挚相思的痛苦。字字感情真切，句句缠绵婉转，表达细腻，写出了古代妇女真实的生活愿望和心理活动。"青梅竹马，两小无猜"，也因此成为男女从小相悦的代词。

# 孟 郊

孟郊（751~814），字东野，湖州武康（今浙江武康县）人。年少时在嵩山隐居。四十六岁中进士，曾任溧阳县尉、河南水陆转运从事。后就兴元军参谋，于赴任途中暴卒。

孟郊一生处境困顿，被人称为"寒酸孟夫子"。诗多抒发个人的哀愁和不平，也有一些反映社会现实矛盾的作品。长于五言古诗，语言追求奇险，以至有的艰涩难懂。有《孟东野集》传世。

# 烈女操①

梧桐相待老，鸳鸯会双死。

贞妇贵殉夫，舍生亦如此。

波澜誓不起，妾心古井水②。

**【注释】**

①烈女操：乐府《琴曲》歌辞。操，琴曲的一种体裁。烈女，从一而终的贞烈女子。

②"波澜"二句：妾心将如同没有一点波澜的古井水，永不失节改嫁。

**【译诗】**

像那古老的梧桐树，彼此相守到枯老。像那河中的鸳鸯，成双成对厮守终身。贞节妇女的美德，是嫁夫以死相随，舍弃自己的生命理应如此。我的心静如古井里的水，风再大也掀不起任何波澜。

**【赏析】**

此诗用梧桐共老，鸳鸯同死，心如古井水不起波澜等作喻，有力表现烈女的贤贞精神与节操，给人造成强烈的印象。我国古代妇女对爱情具有贤贞不渝的美德，但所谓"贞妇贵殉夫"，寡妇守节不嫁，是浸透了封建意识的。本诗强调了这个方面，给人清冷愁苦的印象，这是不足取的。

# 游子吟①

慈母手中线，游子身上衣。

临行密密缝，意恐迟迟归。

谁言寸草心，报得三春晖②？

【注释】

①游子吟：游子，离家远游的人。吟，古诗的一种体裁。

②寸草心，小草的茎干，比喻儿女的孝心。三春

晖，春天的阳光，比喻母亲的慈爱。

**【译诗】**

　　慈母飞针走线，为游子缝制征衣。临别时一针一线缝得细密均匀，担心游子归来迟晚，缝制不牢破绽难堪。儿子呵，怎能报答尽母亲养育之恩？就像细微的小草，报答不了，春天阳光给予它的温暖。

**【赏析】**

　　这首诗亲切真挚地咏诵了人类普通而伟大的情感——母爱。通过母亲为游子缝制征衣这个日常生活中最为常见、最为平常的片断，将慈母深笃的爱意，凝结在一针一线上。语言朴实自然，清新流畅，是孟诗中最成功、最有影响的一首佳作。"谁言寸草心，报得三春晖！"常为人们吟诵和引用，成为千古流传的名句。

# 七言古诗

　　渊源于汉、魏以来之乐府歌行，因每句七字，故称七言古诗；但一首诗中五、七言或三、五、七言杂用，不用乐府旧题的，一般也归入七言古诗之内。其用韵与五言古诗基本相同。唐以前多句句入韵，唐以后一般隔句用韵。

# 陈子昂

陈子昂（661～702）字伯玉，梓州射洪（今四川射洪县）人。唐高宗开耀二年（682）进士。具有比较进步的政治理想，提出过一些进步的政治主张。武后时，官麟台正字、右拾遗，万岁通天元年（696）随武攸宜征契丹。圣历初（698）辞官归乡，为县令段简诬陷，死于狱中。后世称为陈拾遗。

在唐代诗歌发展史上，陈子昂是一位具有重大影响的诗人。他提倡汉魏风骨，主张诗要有感情，有寄托，有教育作用，强调文学的社会内容和现实意义。他的诗歌雄浑豪放，风格刚健质朴，为盛唐诗歌的发展开拓了新的道路。后来的大诗人李白、杜甫、白居易等都深受其影响。有《陈拾遗集》。

## 登幽州台歌

前不见古人，后不见来者①。

念天地之悠悠<sup>②</sup>，独怆然<sup>③</sup>而涕下。

**【注释】**

①"前不见"二句：登台远眺，既看不到前代的圣
人，又看不到后世的有为之君。

②悠悠：长远，无穷尽。

③怆然：悲伤的样子。

**【译诗】**

前看，看不见古之贤君；后望，望不见当今明主。

天地之广阔，时间乏悠久；唯有我呵，孤独、悲伤、凄凉。想到这寂寞苦闷的境遇，怎么不催人涕泪横流。

## 【赏析】

万岁通天元年（696），武则天派武攸宜征契丹，陈子昂以右拾遗参谋军事。他曾献策破敌，未被采纳。后又请求带兵陷阵破敌，武妒其才，反降其为军曹。挫折和打击，使诗人深感怀才不遇，报国无门，心情悲愤。登上幽州台，仰望茫茫苍天，想前望后，慷慨悲歌，写下了这首千古名篇。此诗意兴苍茫，倏忽而来，倏忽而去，留给人的回味则令人咏叹不已。

# 李 颀

李颀（690～751），东川（今四川三台县）人。开元二十三年（735）进士。他作过新乡尉；久未升迁，晚年辞官归东川故园隐居。

李颀的代表作是描写边塞和刻画人物形象的七言歌行，诗写得流畅奔放，有时慷慨悲凉，很能发挥歌行体的特点。《全唐诗》录存他的诗三卷。

# 古 意

男儿事长征<sup>①</sup>，少小幽燕客。

赌胜马蹄下，由来轻七尺。

杀人莫敢前，须如猬毛磔<sup>②</sup>。

黄云陇底白云飞，未得报恩不得归。

辽东小妇年十五，惯弹琵琶解<sup>③</sup>歌舞。

今为羌笛出塞声，使我三军泪如雨！

【注释】

①事长征：从军出征。事，从事。

②"须如"句：须发像刺猬的毛一样纷纷张开，与怒发冲冠意近，形容威武勇猛。磔，纷张。

③解：通晓，擅长。

【译诗】

　　有志气的男儿应当远征戍边，少年勇武的幽燕健儿，更应效祖国驰骋沙场。打赌胜负，战场上分高下，从来都将生死置之度外。陷阵杀敌锐不可挡，威武刚烈须髯怒张。昏暗的云层隆盖原野，将士们骑着白云般的战马，遥望远方的家乡，不报答国恩誓不返回。一位年方十五的辽东少妇，善于弹奏琵琶，又擅长歌唱跳舞。一曲凄凉婉转的出塞曲，掀动了三军将士的心，人人顿时泪下，如同大雨滂沱。

【赏析】

　　这是一首边塞诗。诗描写远征驻守边疆男儿，勇猛骠悍，具有终身报国的豪情，他们身在边疆，忠于职守，但思念家乡之情又时时袭上心头。本诗气势雄豪，基调慷慨激昂。作品能够通过有特色的动作描写，即描写战士英雄壮举，来突出他们的以身许国的豪情，刻画他们的英雄形象。

# 送陈章甫

四月南风大麦黄，枣花未落桐叶长。

青山朝别暮还见，嘶马出门思旧乡。

陈侯立身何坦荡①，虬须虎眉仍大颡②。

腹中贮书一万卷，不肯低头在草莽③。

东门酤酒饮我曹，心轻万事如鸿毛。

醉卧不知白日暮，有时空望孤云高。

长河浪头连天黑，津吏停舟渡不得。

郑国游人未及家，洛阳行子空叹息。

闻道故林相识多，罢官昨日今如何？

**【注释】**

①"陈侯"句：陈侯，指陈章甫，"侯"为古时士大夫间尊称，义同"君"。坦荡，光明磊落。《论语》："君子坦荡荡，小人常戚戚。"

②"虬须"句：形容陈侯威武的相貌。虬须，蜷曲的胡须。仍，并。大颡，宽额头。

③草莽：草野。比喻不在官位。

**【译诗】**

四月的南风，吹得田野里的大麦金光泛黄。枣花还未凋谢，梧桐叶已长得又密又长。早上辞别青山，到日暮黄昏依然还看得见。骑马出门与友人饯别，青山为伴，坐骑鸣叫，我多么思念生长的故乡。陈侯心胸坦荡性格豪放，前额宽广仪表堂堂，满腹经纶博览古今，怎肯屈身沦落草野。他从东门买来佳酿，与我们同饮共醉；心轻飘扬，人世间万事万物如同鸿毛。他有时醉卧不知白天黑夜，有时将内心的清高，寄托于碧空中的孤云。长河风急浪高，天昏地暗一片，往来的船只已停止摆渡。郑国的游子我还未返家，洛阳的行客你却望空叹息。你故乡亲朋好友众多，罢官回去，他们对你不会另眼相待。

**【赏析】**

　　作者的朋友陈章甫罢官回家，李颀作此诗送别。本诗中作者通过外貌、动作和心理描写，生动地刻画出陈章甫光明磊落的胸怀和豪爽慷慨、旷达不羁的性格。"虬须虎眉仍大颡"可见相貌奇伟，醉卧不知日暮，空望孤云，足知其性情豁达，等等。这样的描写使人物栩栩如生，呼之欲出，最后几句担心陈章甫回乡后的遭遇，情意更是深切。这首诗为送别之作，但绝无儿女沾巾之态，写得豪放，也很感人。


# 琴　歌


　　主人有酒欢今夕，请奏鸣琴广陵客。

　　月照城头乌半飞，霜凄万木风入衣。

铜炉华烛烛增辉，初弹《渌水》后《楚妃》<sup>①</sup>。

一声已动物皆静，四座无言星欲稀。

清淮奉使千余里，敢告云山从此始<sup>②</sup>。

**【注释】**

①"初弹"句：《渌水》、《楚妃（叹）》，琴曲名。

②"敢告"句：敬告大家，我从此就要归隐山林了。敢告。敬告。云山，代指归隐。

**【译诗】**

主人置备了上等的好酒，宴请大家乐醉今霄。一位琴艺娴熟的人，拨动琴弦为酒宴助兴。明月已升上城头，未入巢的乌鸦到处乱飞。凄冷的寒霜凋伤万木，寒风侵衣心生寒意。铜炉中的炭火融融暖人，明亮的华烛为晚宴添辉增色。艺人先弹《渌水》后奏《楚妃》，曲曲美妙婉转动人。

**【赏析】**

这首诗描述听琴的情景。诗人运用反衬的手法，以室外清冷的景色反衬室内的温暖欢乐场面。以曲后"物皆静"、"星欲稀"反衬琴声的美妙。虽是写听琴，但不写弹琴者的神态，不直接写琴声的美妙，而是先写出一种听琴的环境，烘染出一种听琴的氛围，然后再写听琴后的感受——琴声仿佛有助于诗人的行色，就戛然而止了。把琴声和周围的环境景色融合在一起，充分显示了音乐艺术的感染力。

## 听董大弹胡笳兼寄语弄房给事

蔡女昔造胡笳声，一弹一十有八拍。

胡人落泪沾边草，汉使断肠对归客。

古戍苍苍烽火寒，大荒①阴沉飞雪白。

先拂商弦后角羽，四郊秋叶惊摵摵②。

董夫子，通神明，深松窃听来妖精。

言迟更速皆应手，将往复旋如有情③。

空山百鸟散还合，万里浮云阴且晴。

嘶酸雏雁失群夜，断绝胡儿恋母声④。

川为静其波，鸟亦罢其鸣。

乌珠部落家乡远，逻娑沙尘哀怨生。

幽音变调忽飘洒，长风吹林雨堕瓦。

迸泉飒飒飞木末，野鹿呦呦走堂下。

长安城连东掖垣⑤，凤凰池对青琐门。

高才脱略名与利，日久望君抱琴至。

**【注释】**

①大荒：一望无际的荒原。

②"四郊"句：比喻琴声悲戚哀怨。摵摵，落叶的声音。

③"言迟"二句：琴声无论缓急往复都十分娴熟，指法极能表现感情。言，发语词。

④"嘶酸"二句：写琴声表现了文姬将归汉时与所生"胡儿"诀别的动人情景。嘶酸，哀鸣。断绝，指文姬与儿子的诀别。

⑤东掖垣：唐朝廷内的门下省、中书省分别位于东、西两边，门下省在东，故称东掖垣。房琯任给事中，属门下省。掖，旁，边。垣，墙。

**【译诗】**

昔日蔡琰精通音律，翻筎调谱成了凄凉幽婉的《胡笳十八拍》琴曲。胡人听后涕泪横流，泪水浸湿了身边的野草，汉使看着归来的文姬，悲切得寸断肝肠。古老苍茫的边塞边城，熊熊的烽火也透着胡地的寒气。荒漠阴沉悲凉，大风起处飞雪狂舞。董君妙手拨动琴弦，琴声骤起，好似惊风吹落周围的木叶。他美妙的琴声，神灵为之感动，藏于深山的妖魔鬼怪也飘忽而至静静偷听。急弹慢奏，抑扬顿挫，皆能得心应手。胸中流淌的洋溢激情，凝聚在手指往复回旋之间。百鸟散尽的空山，琴声又把鸟儿召回；乌云笼罩的原野，琴声把乌云驱散云开见日。沙哑的琴声，像雏雁离群在漫漫的黑夜，辛酸地哀鸣；像胡儿恋母，断断续续的哭泣。山川江河为之静寂，百鸟为之不再歌唱。琴声幽咽，唱出了乌孙公主思乡，文成公主远嫁的哀怨之情。琴声弹奏得深沉，凄婉，忽然变调就轻盈飘洒起来。如长风吹林，林涛怒吼，像急雨打屋，滴答清脆。时而如泉水喷射树稍飒飒地响，时而像野鹿在堂前呦呦呜叫。长安城中，房给事的官署在宫廷东面，与天子的官门相对。房公才高位重轻薄名利，但却赏识董君的琴艺，入夜只盼董君抱琴而至，为之奏上一曲以度良宵。

## 【赏析】

这是一首出色的写听胡笳诗。相传蔡文姬曾奏胡笳，作《胡笳十八拍》，她的弹奏，曾使胡人落泪、汉使断肠，她的弹奏也使古戍和大漠更加苍凉、长安郊区更加萧瑟。这一段叙述，为听董大弹胡笳作好了气氛的铺垫。这董大弹奏胡笳，更是了得：琴声有时如空山百鸟飞散又聚合，有时如万里浮云阴暗又明朗。有时如雏雁失群悲鸣，有时如胡儿恋母呜咽。这些都是琴声缓慢低沉时的旋律。当琴声变得高亢急骤时，则如长风在山村呼啸，雨点敲击屋瓦，如迸泉飞波，如小鹿惊窜。这一段直写听胡笳的效果，连用比喻，写得出神入化。然后归结于房给事的住处、房给事不求名利，爱好琴艺，表明其与董大的亲切关系和对董大的赏识。

## 听安万善吹觱篥歌

南山截竹为觱篥，此乐本自龟兹出。

流传汉地曲转奇，凉州胡人为我吹。

傍邻闻者多叹息，远客思乡皆泪垂。

世人解听不解赏，长飙①风中自来往。

枯桑老柏寒飕飗②，九雏鸣凤乱啾啾。

龙吟虎啸一时发，万籁百泉相与秋。

忽然更作《渔阳掺》③，黄云萧条白日暗。

变调如闻《杨柳》春，上林繁花照眼新。

岁夜高堂列明烛，美酒一杯声一曲。

**【注释】**

①长飙：暴风，喻觱篥声调急骤。

②飕飗：风声。

③《渔阳掺》：又作《渔阳掺挝》，乐曲名，声调苍凉悲壮。《后汉书·祢衡传》载：此曲由祢衡首创。

**【译诗】**

从南山采来一节青竹，做一支精美的觱篥。这种乐器原产龟兹，流传汉地后曲调高昂新奇。凉州友人为我吹奏乐曲，声调悲凄幽沉，邻居听之叹息不已；浪迹异地的游子，闻之思乡泪流不止。世人只知听曲谱，无法知晓其中深沉的奥妙。出自觱篥的乐声，有时如狂飙万里，在大地上翻卷往来；有时如枯桑老柏，在呼啸的寒风中哀吟战栗；有时如九只幼小的凤凰，低声细语争相乱鸣。乐声激昂如龙吟虎啸一起迸发，乐声低沉如万物寂静秋意萧森。忽然转调奏出悲壮的渔阳鼓曲，就像黄云压顶，大地一片昏暗。觱篥转而奏出轻快悠扬的乐曲，就像徐徐春风拂弄垂柳。宫苑里争相斗艳的繁花，使游人眼花缭乱。除夕之夜，高堂上明烛辉煌，听一支乐曲，饮一杯美酒；一杯一曲，一曲一杯，直到星稀酒尽曲终。

## 【赏析】

这是一首描写少数民族音乐家安万善吹奏觱篥的诗。诗一开始就概括地说明，觱篥经过边地少数民族和汉族人民的革新，乐调变得更加奇异美妙。接着用人们听到安万善吹奏时的各种感受，令人叹息，游客思乡……具体地表现了他的奇妙超群的技艺。下面以众多生动的比喻，描摹变化多端的曲调。诗人特意选择龙、虎、凤的鸣叫，自然界发出的各种音响，以及黄云、白日、繁花的种种形态，来比拟乐声和它所产生的艺术效果。这种极为生动的描绘，扣人心弦，极富艺术感染力。

# 孟浩然

## 夜归鹿门歌

山寺钟鸣昼已昏，渔梁渡头争渡喧。

人随沙岸向江村，余亦乘舟归鹿门。

鹿门月照开烟树<sup>①</sup>，忽到庞公栖隐处。

岩扉<sup>②</sup>松径长寂寥，唯有幽人<sup>③</sup>自来去。

**【注释】**

①开烟树：烟雾笼罩下的树木在月光照射下又明郎起来。

②岩扉：石洞的门，或山崖上屋舍的门。

③幽人：隐者，诗中为作者自指。

**【译诗】**

掩映在山上的寺院，传来黄昏报时的钟声。渔梁渡口一片喧闹，人们争相摆渡晚归。他们踏着岸边沙石，走向自家的村落。我也乘一叶小舟，返回鹿门住地。月光高照鹿门，缭绕的烟雾，青翠的树色格外分明，原来这清幽的山宅，曾是庞公隐居的地方。清冷的山岩路，寂静的林间道，唯有我这山林之人，自在飘逸来去。

**【赏析】**

孟浩然善于表现一种冷寂的境界，这首诗是一个显著的例子。诗人记叙黄昏从渔梁渡口乘船过渡回鹿门山时的情景。描绘了渡口人们争渡的热闹场面和自己回山时山中的幽静景象。两种场面互相衬托，突出的是后者表现了诗人心境的恬静和隐者无拘无束的自由生活。但其中也蕴蓄着一种淡淡的幽怨。

# 李 白

## 庐山谣寄卢侍御虚舟[①]

我本楚狂人,《凤歌》笑孔丘。

手持绿玉杖,朝别黄鹤楼。

五岳寻仙不辞远,一生好入名山游。

庐山秀出南斗傍,屏风九叠云锦张。

影落明湖青黛光,金阙前开二峰长,

银河倒挂三石梁。

香炉瀑布遥相望,回崖沓嶂凌苍苍。

翠影红霞映朝日,鸟飞不到吴天长。

登高壮观天地间,大江茫茫去不还。

黄云万里动风色,白波九道流雪山。

好为庐山谣,兴因庐山发。

闲窥石镜清我心,谢公行处苍苔没。

早服还丹无世情,琴心三叠道初成。

遥见仙人彩云里，手把芙蓉朝玉京②。

先期汗漫九垓上，愿接卢敖游太清③。

**【注释】**

①卢侍御：字幼真，范阳人，肃宗时曾任殿中侍御史。

②玉京：道教认为大神元始天尊居住在玉京。

③太清：道教以玉清、上清、太清为三天，太清是天空最高处。

**【译诗】**

我原是楚国狂人接舆，笑唱凤歌讥讽不识时务的孔丘。手持绿玉装饰手杖，辞别朝霞于黄鹤楼。踏遍五岳寻访神仙哪怕路途遥远，漫游名山大川是我一生爱好。依近南斗的秀丽庐山，锦绣般彩云复盖着九叠屏风。倒映在鄱阳湖里的山影，折射出青黑色的光茫。石门山前的香炉、双剑二峰高耸云宵，三石梁的瀑布如银河倒挂垂直飞泻。它与香炉峰瀑布遥遥相望，峰峦叠重，直指苍穹。山影青翠，红霞映日，鸟飞不到山顶，不能翱翔浩翰天空。登临高峰环望天地之间，滚滚东去的长江永不复还。万里黄云飘浮，天色变幻瞬间；白浪翻卷，如一座座起伏连绵的雪山。我喜欢为庐山作歌谣，诗兴也因庐山有感而激发。悠闲地照着石镜，心情愉悦清爽；谢灵运当年走过的险道，早已长满厚厚的绿苔。早点吞服仙丹摆脱世俗之情，潜心修炼道必功成。遥望天空，仙人手持莲花，驾着彩云飞向玉京。已经同另一位神仙预约在九重天上，你如果有意，我愿偕你卢敖一同邀游仙境。

**【赏析】**

　　这首诗是写给友人卢虚舟的，诗中热情地歌颂了庐山雄伟、清幽、秀丽的景观和长江波澜壮阔的雄姿。李白本有济世之志，然而他的这种志向始终未能实现，于是他就将郁闷的心情放游于山水之间。他以楚狂接舆自况："一生好人名山游"。身置庐山之巅，仰望庐山的雄奇山色，俯瞰鄱阳湖和长江的壮丽，引起了诗人无尽的感慨，"好为庐山谣，兴因庐山发"，便是诗人面对壮丽山河的真实感慨。面对眼前美景，与黑暗的官场相对比，难免不引起诗人摆脱尘世的愿望。

## 梦游天姥吟留别①

海客谈瀛洲，烟涛微茫信难求。

越人语天姥，云霞明灭或可睹。

天姥连天向天横，势拔五岳掩赤城。

天台四万八千丈②，对此欲倒东南倾。

我欲因之梦吴越，一夜飞度镜湖月。

湖月照我影，送我至剡溪。

谢公宿处今尚在，渌水荡漾清猿啼。

脚著谢公屐，身登青云梯。

半壁见海日，空中闻天鸡。

千岩万转路不定，迷花倚石忽已暝。

熊咆龙吟殷岩泉，慄深林兮惊层巅。

云青青兮欲雨，水澹澹兮生烟。

列缺霹雳，丘峦崩摧。

洞天石扉，訇然中开。

青冥浩荡不见底，日月照耀金银台③。

霓为衣兮风为马，云之君兮纷纷而来下。

虎鼓瑟兮鸾回车，仙之人兮列如麻。

忽魂悸以魄动，恍惊起而长嗟。

惟觉时之枕席，失向来之烟霞。

世间行乐亦如此，古来万事东流水。

别君去兮何时还？且放白鹿青崖间，

须行即骑访名山。

安能摧眉折腰事权贵，使我不得开心颜。

【注释】

①天姥：山名。在今浙江新昌县东。

②天台：山名，在今天台县北，天姥山东南。

③青冥：青天。金银台：指仙宫楼台。

【译诗】

海上来客谈起仙山瀛洲，无不说它雾锁层层，波涛茫茫，果真是难以寻见。越人描绘天姥，更是奇峰异景，浮云彩霞中时隐时现，世人可观、可望。绵接天际的天姥山，磅礴气势超过五岳，俊奇灵秀远盖仙山赤城。高耸云天的天台山，倾斜东南欲将拜倒在它足下。我因此希望梦游吴越，一睹仙境胜地。谁知梦幻成真，天遂人愿，皓月之夜我飞渡到镜湖。湖上的明月照着我

的身影，飘然伴送我到剡溪。谢灵运当年歇宿的地方，绿水荡漾清猿哀啼。我穿上谢公当年特制的木屐，登上高入云天的石级。到半山时红日从海上冉冉升起，碧空中听到报晓的天鸡鸣唱。峰岩沟谷中石径盘旋，道路迂回曲折；花香醉人，身不由己地斜靠山石稍事休憩，不知不觉中暮色已经降临。熊的大声咆哮，龙的高声吼叫，震响在山谷林泉之间，幽深的丛林因之战栗，重峦叠嶂的山峰也受到惊吓。乌云重重大雨即将来临，水平浪静升起茫茫烟雾。电闪雷鸣，山丘峰峦顷刻崩裂；神仙居住的洞府石门，在訇然声中打开。洞天福地浩荡辽阔，日月照在金银台上。神仙们披彩虹为衣裳，驾长风为骏马；在云中君的带领下，纷纷从冥空中降下来。猛虎为之鼓瑟，鸾凤效劳驾车；群仙列队密密麻麻，迎接我这凡人的到来。忽地觉得心魄颤抖，惊魂震动；恍忽朦胧中起身长叹。梦醒后唯一感觉到的仍是枕头和床席，神奇的梦境却倏然消失。人世间寻求欢乐如同梦幻，远古至今万事如水东逝永不复还。今日别君，何时才能重逢相聚；暂且将白鹿放之青崖岩际间，出游时就骑上它去寻访名山众仙。我岂能屈身低眉去讨权贵欢心，使我不能得到开心舒颜。

## 【赏析】

李白在天宝三年被赐金放还，离开长安来到山东，第二年又要离开山东，南游吴越。诗人在离开山东之前，写下这首诗，作为给朋友们的留别纪念。诗用浪漫主义手法，通过描写梦境，抒发了诗人对名山、仙境的热情向往；表达了对黑暗现实的无比憎恨和对反动权贵的极端蔑视。对自由和理想生活的追求。诗歌把梦境的由来，云霞的明灭，众仙的往来，梦境的消失和谐地统一在丰富的想象和大胆的夸张中。在句式上，以七言为主，杂以四、五、六、九言，风、骚、骈、赋诸体备具，句式灵活，音律的缓、疾、高、低也随着诗人的感情和诗的情节曲折而变化。全诗富于乐府民歌色彩，显示了李白诗歌的艺术特色。

# 金陵酒肆留别

风吹柳花满店香，吴姬压酒唤客尝①。

金陵子弟来相送，欲行不行各尽觞②。

请君试问东流水，别意与之谁短长？

## 【注释】

①吴姬：吴地的女子。此指酒店里的侍女。压酒：用米酿酒，临熟时压而取之。

②欲行：指准备走的人，此诗人自指。不行：指相送的金陵子弟。尽觞：干杯。

## 【译诗】

春风满店，柳絮轻扬；当垆红粉，捧出新压的美酒劝客品尝。一批相识的年轻人，闻讯起来饯别相送；将要启程和赶来送别的人，相互开怀畅饮诉说衷情。面对滚滚东流的长江水，试问诸君，别意离情与之相比，哪个短来哪个长。

【赏析】

这也是李白漫游吴越途中的作品。这首抒情短歌充分表现了作者的热情豪迈。结语，忽用问句，生动地描绘了深厚友谊和离情别意，构思巧妙，读来韵味无穷。沈德潜在《唐诗别裁》中评说此诗："语不必深，写情已足。"谢榛在《四溟诗话》中评论此诗结语："太白《金陵留别》诗，'请君试问东流水，别意与之谁短长'，妙在结语……太白能变化为法，令人巨测，奇哉！"

## 宣州谢朓楼饯别校书叔云<sup>①</sup>

弃我去者昨日之日不可留，

乱我心者今日之日多烦忧。

长风万里送秋雁，对此可以酣高楼。

蓬莱文章建安骨，中间小谢又清发<sup>②</sup>。

俱怀逸兴壮思飞，欲上青天览明月。

抽刀断水水更流，举杯消愁愁更愁。

人生在世不称意，明朝散发弄扁舟<sup>③</sup>。

**【注释】**

①宣州：今安徽宣城县。谢朓楼：南齐诗人谢朓所建的楼阁，在宣城陵阳山上。

②小谢：指谢朓。此处作者自指。

③散发：古人平时皆束发，散发表示不受礼节拘束，指归隐。

**【译诗】**

舍我而去的时光已无可留住，扰乱我心室的时光凭添几多忧愁。寥廓明净的天空，群群鸿雁乘万里长风，面对这壮丽景色，怎不开怀畅饮醉卧高楼？校书郎的文章刚健遒劲，我的华章可与清新俊秀的谢朓诗媲美。我们都怀有超群的凌云壮志，准备登上冥空摘取日月。抽出利刀断绝水流，哪知水更加湍急地流，举起酒杯借酒解愁，谁知却引发更多的忧愁。人生之旅如此坎坷不尽称意，明天我们就散开头发，无拘无束地驾一叶小船，去尽兴漫游。

**【赏析】**

这首诗是李白于天宝十二年（753）游宣城时所作。全诗构思新颖，起落无迹。以写愁绪抒发愤懑开头，以写秋景点题，继而评论古人，最末表示与黑暗现实决绝，格调慷慨悲凉，虽有无限哀伤苦闷，却并不消极无力，中间充满着一种昂扬奋发的豪情。

# 岑 参

## 走马川行奉送封大夫出师西征

君不见走马川行雪海边①，平沙莽莽黄入天。

轮台九月风夜吼，一川碎石大如斗，随风满地石乱走。

匈奴草黄马正肥，金山西见烟尘飞，汉家大将西出师。

将军金甲夜不脱，半夜军行戈相拨②，风头如刀面如割。

马毛带雪汗气蒸，五花连钱旋作冰，幕中草檄砚水凝③。

虏骑闻之应胆慑④，料知短兵不敢接，军师西门伫献捷。

【注释】

①行：衍文。误增之字。雪海，地名《新唐书·地

理志》："行度雪海，春夏常雨雪。"这里泛指走马川一带苦寒之地。

②戈相拨：兵器互相撞击。戈，古代兵器的一种，此处为泛指。

③"幕中"句：在营幕中起草檄文，砚台中的墨水由于天冷而凝固。

④"虏骑"句：虏骑，敌人的骑兵。胆慑，因恐惧而心惊。

## 【译诗】

可曾见：那荒凉的走马川上，茫茫的雪海边，黄沙飞旋，蔽日遮天。才是九月的轮台啊，夜里已是狂风怒卷。河川里那斗大的乱石，被暴风吹得横行遍野。匈奴的马匹正弄得体壮膘肥，在这秋高草黄的季节；烽火狼烟裹着敌骑的尘埃飞扬，在金山的西面就能看见。汉家的大将就要率军出征了，向着那乱军出没的西边。将军报国尽忠，通宵铠甲在身，战士半夜疾行，只闻戈矛碰擦声。寒风扑面，阵阵疼痛如刀割。急驰的战马披满雪花，被汗气融化蒸发，霎时间又在毛皮上凝成了冰莲。在帐幕中起草讨敌的檄文，砚中的墨汁也会冻结。敌虏听到我军征伐的消息，一定心惊胆颤，可以断定他们绝不敢与我军对面抵抗，让我们在这车师的西门站立，静候大军报捷凯旋。

【赏析】

这是一首送别诗。诗通过对封常清出征情况的描绘，热情歌颂了唐军将士为了维护国家的统一，不畏艰难，英勇赴敌的战斗精神。此诗虽为送别之作，但丝毫不见离愁别绪，全诗充满着对胜利的信心。三句一换韵，音调铿锵，以夸张之语渲染战争的艰辛，也足见胜利的来之不易。

## 轮台歌奉送封大夫出师西征

轮台城头夜吹角<sup>①</sup>，轮台城北旄头落<sup>②</sup>。

羽书昨夜过渠黎，单于已在金山西。

戍楼西望烟尘黑，汉军屯在轮台北。

上将拥旄西出征，平明吹笛大军行。

四边伐鼓雪海涌，三军大呼阴山动。

虏塞兵气连云屯<sup>③</sup>，战场白骨缠草根。

剑河风急雪片阔，沙口石冻马蹄脱。

亚相勤王甘苦辛，誓将报主静边尘。

古来青史谁不见，今见功名胜古人。

**【注释】**

①角：或称画角，乐器，军中吹奏以报时。

②旄头：星宿名，即昴星，古时称之为"胡星"，被认为是胡人的象征。旄头跳跃，主胡兵大起。旄头落，预示胡兵将败。

③"虏塞"句：敌军驻地的战争气氛十分浓烈。虏塞，敌人的军事要塞。兵气，战争的气氛。

**【译诗】**

轮台城头的夜幕，被声声号角划破；轮台城北的天空，旄头星正在坠落。插着羽毛的紧急情报，昨夜刚从渠黎传过：单于率领的大军，已在金山以西出没。从戍楼上向西望去，黑色的烟尘滚滚升腾，我们中原的雄师，也已在轮台城北驻屯。手持旄节的大将，威风凛凛率军西征；黎明时分笛声响处，浩浩荡荡大军起程。军阵的四边都擂动战鼓，莽莽雪海也涌起波涛；三军将士高声呐喊，巍巍阴山也为之动摇。敌军的营垒也非等闲，杀气腾腾直冲云天，古战场上凄凄惨惨，白骨累累缠绕着草根。那剑河上寒风急骤，吹裹着大片的雪花；那沙口边石头冻硬，马蹄踏上也会脱落。为了报效国家，亚相您甘愿冒这困苦艰辛；决心报答君主，让边塞的尘沙永远宁静。自古以来，谁不知道彪炳史册的英雄？且看当今的人物，要创建超越古人的功勋。

**【赏析】**

　　此诗与前首《走马川行》作于同一时期，都是赞颂出征将士的爱国主义精神的。前首写行军，此首主要是写大军出发，唐军将士为维护国家的统一，在敌情紧急，气候严寒的形势下，奋勇出征杀敌，气势慷慨，英勇乐观。尽管边关严寒，风急雪寒，石冻马蹄脱，将士们仍奋不顾身，希望能够建立功盖古人的业绩。全诗意气昂扬，丝毫不作凄苦之语，确是战场送别之作的本色。


# 白雪歌送武判官归京

北风卷地白草折，胡天八月即飞雪。

忽如一夜春风来，千树万树梨花开。

散入珠帘湿罗幕，狐裘不暖锦衾薄。

将军角弓不得控，都护铁衣冷犹著①。

瀚海阑干百丈冰②，愁云惨淡万里凝。

中军置酒饮归客，胡琴琵琶与羌笛。

纷纷暮雪下辕门，风掣红旗冻不翻③。

轮台东门送君去，去时雪满天山路。

山回路转不见君，雪上空留马行处。

**【注释】**

①"都护"句：都护，官名。铁衣，铁甲衣。著，穿着。

②"瀚海"句：戈壁滩上到处是厚厚的冰雪。瀚海，沙漠。阑干，纵横错杂的样子。

③"风掣"句：红旗在大雪中被冻住，风吹不动。掣，牵拽。

**【译诗】**

北风呼啸，席卷大地，白草坚韧，也被吹折。仲秋八月的胡地天气，就已飘飘洒洒降下白雪。仿佛一夜之间，春风忽然而至，漫山遍野绽开了千树万树雪白的梨花。雪花飘飘飞入珠饰的帘笼，沾湿了轻软的帐幕。名贵的狐皮袍也难使人暖和，锦面的大被也会令人感到单薄。冻僵了手指，将军也拉不开坚硬的角弓；铠甲冰冷，都护也不想将它披挂穿着。无边的大漠沙丘，结成了百丈坚冰，昏暗惨淡的天空，凝聚着万里阴云。在中军大帐里摆下酒宴，为返回京师的旅人送行；演奏助兴的都是那边塞特有的琵琶羌笛与胡琴。暮色沉沉，辕门外正是大雪纷飞；营中的红旗冻住了，任狂风撕扯也不再翻卷。在这轮台城的东门外，我送你远行；临行的时

刻啊，大雪铺满了天山的道路。山势回转，道路盘旋，
我已看不见你的身影；只有那皑皑雪地上，留着你坐骑
行走的迹印。

## 【赏析】

这是一首边塞雪天送别诗。诗兼顾咏雪与送别，白
雪是全诗的中心线索，雪景贯穿始终。在对边塞奇绝的
雪景描绘中抒写送别的豪情，诗人跳出了一般的柔弱地
抒写离情别恨的俗套。本诗描绘北国雪景极为壮丽，极
有地方特色。"忽如一夜春风来，千树万树梨花开"为
千古名句，向为后人赞赏不已。这首诗是以写雪为主，
以衬托送别之情，全诗上下，都充满了雪意。诗中用比
新鲜，色彩明丽，形象突出，结尾意境悠远，耐人寻

味，从总的上来说是岑参边塞诗的代表作。

# 杜 甫

## 韦讽录事宅观曹将军画马图

国初已来画鞍马，神妙独数江都王。

将军得名三十载，人间又见真乘黄①。

曾貌先帝照夜白，龙池十日飞霹雳。

内府殷红玛瑙盘，婕妤传诏才人索。

盘赐将军拜舞归，轻纨细绮相追飞。

贵戚权门得笔迹，始觉屏障生光辉。

昔日太宗拳毛䯄，近时郭家狮子花②。

今之新图有二马，复令识者久叹嗟。

此皆骑战一敌万，缟素漠漠开风沙。

其余七匹亦殊绝，迥若寒空动烟雪。

霜蹄蹴踏长楸间③，马官厮养森成列。

可怜九马争神骏，顾视清高气深稳。

借问苦心爱者谁，后有韦讽前支遁。

忆昔巡幸新丰宫，翠华拂天来向东④。

腾骧磊落三万匹⑤，皆与此图筋骨同。

自从献宝朝河宗，无复射蛟江水中。

君不见金粟堆前松柏里⑥，龙媒去尽鸟呼风⑦。

【注释】

①将军：指曹霸。乘黄：又名飞黄，古之神马。

②狮子花：马名。是代宗赏赐郭子仪的御马。

③蹴踏：践踏。长楸：楸为木名，古人种植于道旁，称长楸。

④翠华：指天子之旗。

⑤腾骧：马奔驰的样子。磊落：众多的样子。

⑥金粟堆：唐玄宗泰陵所在地。

⑦龙煤：骏马名。

**【译诗】**

　　大唐开国到今朝，画马之人不知有多少，只有那皇侄江都王，可以算得上神奇美妙。曹霸将军擅长丹青，闻名天下已经三十春秋，看了他的画马图卷，庆幸人间再现了乘黄神骏。曾经为先帝玄宗描摹那："照夜白"龙驹，在宫中十天画成，仿佛龙池中又腾起霹雳。那珍贵的血红玛瑙盘，收藏在皇宫内府，先帝让女官传诏取来，要赐给技艺超群的画家。将军感恩不尽，叩谢舞蹈而归，同时赏赐有精细丝绢，在他身后飘舞翻飞。贵族和高官们都渴求他的画啊，一旦得到将军的墨迹，顿时觉得屏障增色万分，厅堂辉煌无比。从前太宗骑过的一匹骏马，名字就叫"拳毛𬴂"；近世名将郭子仪深受恩宠，天子赐给御马"狮子花"。曹将军新作骏马图，就将它们入了画。真让那些见过真马的人们啊，在画前赞叹不已，难辨真假。这都是君王、大将的坐骑啊，征战

123

疆场胜过万匹凡马，虽然那洁白的画绢寂然无声，仍然让人感到眼前飞扬起尘沙。画幅上还有另外七匹马，也都是与众不同奇异非凡，远远望去有如轻烟和雪花，在清寒的空中飞动飘洒。雪白的马蹄在大道上腾踏，矫捷的身形在楸林间穿插；饲养它们的官吏役卒，屏息静气地排列成行。多么可爱的九匹神骏啊，争相显示它们的品格不同寻常，左看右看都是那么清新高雅，深沉稳健气度不凡。请问古往今来有谁是真正苦心孤诣地爱马？后有当今的韦录事，前有东晋的支遁公。回想当年先皇帝，巡游驾临新丰官，仪仗队的翠华旗凌空飘舞，浩浩荡荡直奔向东。奔驰腾跃的三万匹骏马，都与这画上的神驹形貌相同。自从先皇帝随河伯仙逝，再不能见他在江中射杀蛟龙，如今你看那金粟山前的松柏林里，天马早已不见踪影，只有鸟儿在啼雨呼风。

## 【赏析】

这是作者赞美九马图的诗作。全诗通过观看名画卷，寄寓了作者对人事兴亡变化的感慨。作者历经玄宗、肃宗、代宗三朝，忧患离合，饱经沧桑，亲见唐代由盛转衰，沉痛激烈的感情，全寓于观看画图的描绘中。诗中描写曹霸画马技艺高超，用笔善烘托渲染，如以内府赐盘，权门求画极写曹的画艺之高。诗中在描写

《九马图》时回忆玄宗时代的历史，暗寓人事变迁，以强烈的感慨作结，直抒胸中波澜，手法跌宕变化，结合极为自然。

## 观公孙大娘弟子舞剑器行（并序）

大历二年十月十九日，夔州别驾元持宅，见临颍李十二娘舞剑器。壮其蔚跂，问其所师？曰：余公孙大娘弟子也。开元三载，余尚童稚，记于郾城观公孙氏舞剑器浑脱，浏漓顿挫①，独出冠时。自高头宜春、梨园二伎坊内人②，洎外供奉舞女，晓是舞者，圣文神武皇帝初③，公孙一人而已。玉貌锦衣，况余白首。今兹弟子④，亦匪盛颜。既辨其由来，知波澜莫二⑤。抚事慷慨，聊为《剑器行》。往者吴人张旭善草书书贴。数尝于邺县见公孙大娘舞西河剑器，自此草书长进，豪荡感激，即公孙可知矣。

　　昔有佳人公孙氏，一舞剑器动四方，
　　观者如山色沮丧，天地为之久低昂。
　　爟如羿射九日落，矫如群帝骖龙翔。
　　来如雷霆收震怒，罢如江海凝清光。

绛唇珠袖两寂寞⑥，晚有弟子传芬芳。

临颍美人在白帝，妙舞此曲神扬扬。

与余问答既有以，感时抚事增惋伤。

先帝侍女八千人，公孙剑器初第一。

五十年间似反掌，风尘澒洞昏王室⑦。

梨园子弟散如烟，女乐余姿映寒日。

金粟堆南木已拱⑧，瞿唐石城草萧瑟。

玳筵急管曲复终，乐极哀来月东出。

老夫不知其所往，足茧荒山转愁疾。

**【注释】**

①浏漓：流旋轻逸的样子。

②高头：指在皇帝面前。

③圣文神武皇帝：即唐玄宗。

④弟子：指李十二娘。

⑤波澜莫二：指其舞技与公孙大娘一脉相传。

⑥两寂寞：人与舞俱亡。

⑦风尘澒洞：天地昏暗的意思，指安史之乱。

⑧金粟堆：玄宗陵墓在其上，号泰陵。

**【译诗】**

大历二年十月十九日，在夔州别驾元持的府第，看到临颍李十二娘作《剑器》之舞，对她那雄健矫捷、光彩照人的舞姿感佩不已。问她的老师是谁，她答道："我是公孙大娘的弟子。"开元三载我还是个孩童，记得当时在郾城观赏过公孙大娘的《剑器浑脱》舞蹈，其急聚酣畅、节奏鲜明的舞姿，在当时首屈一指，技压群芳。从皇帝御前的宜春、梨园二教坊的宫内舞伎，到宫外供奉的应召艺人，熟习这种舞蹈的，在玄宗先帝即位之初，仅有公孙大娘一人而已。当年她还是容颜秀美，衣裳华丽，如今我已是白发老人，她的弟子也不再是盛年的容貌。既然明白了她们的师承关系，知道了她们的技艺风格是一致的。追思往事，无限感慨，于是为之写下这篇《剑器行》。早年有吴郡人张旭，擅长草书写贴，曾多次在邺县观看公孙大娘舞蹈《西河剑器》，因此草书大为长进，有一种豪迈奔放、激越飞动的意趣。公孙大娘的舞蹈艺术何等高妙，也就可想而知了。

从前有一位美丽的艺人，复姓公孙，她善舞剑器的名声，震动了四面八方。观众如山似海，人人惊讶失色，天地也为之倾倒，久久地起伏升降。舞姿光焰闪动，仿佛后羿射落了九个大阳；舞姿矫健轻盈，好像天帝们驾着龙车翱翔。登场亮相时，犹如轰鸣的雷霆戛然而止，舞罢收束时，又像翻腾的江海风浪平息波光清亮。她那美妙的歌喉舞姿，在人间久已绝响，幸有后来的弟子承继才艺，传播这枝奇葩的芬芳。那就是临颍美人李十二娘，如今漂泊到白帝城，她那《剑器》舞的神妙舞姿，一如公孙大娘神采飞扬。同她的一番问答，得知技艺师传的端详，感慨时势，追思往事，凭添了无限惋惜和哀伤。先帝的歌伎舞女曾有八千，公孙大娘的《剑器》从来就数第一。五十年的光阴飞逝，如反掌之间一样短暂，战乱的风尘铺天盖地，王室宫廷一片昏暗。那曾经花团锦簇的梨园弟子，如轻烟一般四处飞散，今天却得见盛世女乐的风采，与冬日残阳的余光映照。金粟山先帝的陵墓前，树木已长粗长高，瞿塘峡口这座白帝石城，草木萧瑟一片凄凉。珍贵的筵席和急促的乐舞最终停息了，极度的欢乐之后哀愁涌采，冷月升起在东方。我这老头子四顾茫然，一时竟不知要所居何往，长满老茧的双足在山道上踟蹰，心情沉重反而怨它走得快。

【赏析】

"五十年间似反掌"，在这首诗中作者感事伤时，慨叹时事的变迁，寄寓了晚年飘泊流离不胜茫然凄苦的情怀。诗从回忆公孙大娘的精彩技术写起，生动地描写了其表演技艺的高超绝伦，然后一转写公孙大娘已经音容俱逝，只有弟子传其技艺，后又由公孙大娘的舞剑器的

变迁联想到当年唐玄宗在世时女乐之盛以及安史之乱后经过几十年变迁，梨园子弟烟消云散的变化，最后以个人忧愁满怀作结。这样就通过描写个人的身世变化反映了五十年治乱兴衰。王嗣奭有评："此诗见剑器而伤往事，所谓抚事慷慨也。故咏李氏，却思公孙；咏公孙，却思先帝；全是为开元天宝五十年治乱兴衰而发。"

# 元 结

## 石鱼湖上醉歌（并序）

漫叟以公田米酿酒①，因休暇则载酒于湖上，时取一醉。欢醉中，据湖岸引臂向鱼取酒，使舫载之，遍饮坐者②。意疑倚巴丘酌于君山之上，诸子环洞庭而坐，酒舫泛泛③然触波涛而往来者，乃作歌以长之。

石鱼湖，似洞庭，夏水欲满君山青。

山为樽④，水为沼④，酒徒历历坐洲岛。

长风连日作大浪，不能废⑤人运酒舫。

我持长瓢坐巴丘，酌饮四座以散愁。

**【注释】**

①漫叟：元结的别号。公田米：唐制，州设公田，其收成由刺史支配。

②遍饮坐者：请全部前来者喝酒。饮：给人喝酒。

③泛泛：飘浮在水上。

④樽：古代盛酒器具，这里指酒杯。沼：天然水池，这里代指酒池中的酒。

⑤废：停止。

**【译诗】**

我漫叟用公田产的米酿好了酒，乘休闲的时候带着这酒来到湖上，随时可得一醉。在欢乐迷醉时，靠着湖岸伸手向那石鱼舀得酒来，用小船装着，请所有在座的人喝。感觉中就像是神仙斜靠着洞庭湖边的巴丘山，而从君山岛上舀酒，诸位仙友环绕洞庭湖坐着，载酒的船只悠悠然乘着波涛来往，于是作这首歌以助兴。

这小小的石鱼湖，就好像是烟波浩渺的洞庭，夏日里的湖水将要齐岸，湖中的君山岛山色青青。把山作为酒杯啊，让湖变成酒池，咱们饮酒的人儿啊，一个个坐在沙洲和岛屿。任凭连日来强风掀起大浪，休想挡住咱们的运酒船。我坐在巴丘山，手持长瓢去舀来美酒，与诸位共饮，来驱散心头的烦愁。

**【赏析】**

本诗通过描写石鱼湖的游宴，抒发作者狂放不羁的豪情。作者以山为杯，水为酒，不畏狂风大浪，与友人饮酒于湖上。看起来这种生活是十分逍遥自在，有魏晋时，"竹林七贤"的遗风。但其实不然。诗末一个"愁"字逗出了元结们不是快快乐乐地泛舟饮酒的，而是因为心有郁闷，是想借酒浇愁才这样做的。本诗想象富有趣味，句式自由，诗风平易朴实，清新自然。

# 韩 愈

韩愈（768～824），唐代大文学家、哲学家。字退之，河南河阳（今河南孟县南）人。因其郡望昌黎，自称"昌黎韩愈"，故后人称之为"韩昌黎"。卒谥文，后世称"韩文公"。在文学上，他是古文运动的倡导者。被尊为"唐宋八大家"之首。又善诗。有《昌黎先生集》。

# 山 石

山石荦确行径微①，黄昏到寺蝙蝠飞。

升堂坐阶新雨足，芭蕉叶大栀子肥。

僧言古壁佛画好，以火来照所见稀②。

铺床拂席置羹饭，疏粝亦足饱我饥。

夜深静卧百虫绝，清月出岭光入扉。

天明独去无道路，出入高下穷烟霏③。

山红涧碧纷烂漫，时见松枥皆十围。

当流赤足踏涧石，水声激激风生衣。

人生如此自可乐，岂必局束为人靰④。

嗟哉吾党二三子，安得至老不更归。

【注释】

①荦确：指山石高大险峻。行径微：所走之路狭窄。

②所见稀：所见到的（画）依稀可辨，不甚分明。

③穷烟霏：看遍了早晨山间的云雾。

④局束：一作"局促"，被约束，不自由。靮：马口上的缰绳被称作靮，比喻人受控制。

【译诗】

踏着狭窄的山径，越过险峻的山石，来到这寺院已是黄昏，只见蝙蝠在暮色中翻飞。登堂见过寺僧，坐在台阶上小憩，刚下了一场透雨，芭蕉叶更绿更大，栀子花更香更肥。僧人来殷勤相告：这寺中古壁上佛画甚好。点上烛火去观赏，见到的只是一片模糊不清。主人为我们铺床扫席，端上了菜饭，尽管十分粗糙，也足以让我充饥。夜深了静静地躺下，各种虫声也都停息，清朗的月儿从岭后升起，寒光照进了窗扉。晨雾弥漫我独自出游，脚下的道路还难以看清，摸索着时高时低时上时下，直到浓密的云烟散尽。阳光照，雨露润，山花红，涧水绿，色彩斑斓，交相辉映；还有那十围粗的古松老枥，在山间挺立将我候迎。我踏上涧中石块，任涧水亲吻我赤裸的双足，水声激扬悦耳，清风鼓动我的衣襟。能够如此在山水间漫游，就是人生的欢愉和乐趣，为什么一定要跟随人后，被人牵系？唉！与我同行的二三好友，咱们怎样才能留在这里，到老马不再归去？

**【赏析】**

　　韩愈诗歌的特色是以文为诗，这首《山石》是一个很好的例子。这首诗通过记述黄昏到寺、夜深宿寺、天明离寺的游历过程，描绘了寺里山间的景色，洋溢着对大自然的热爱与向往之情。也流露出一点点对政治失意的不平。诗中散文化的句式，给全诗增添一种别致的情调，这种表现方法，不受传统格律的拘束，能够自由行文，因而全诗写来酣畅淋漓，一气呵成，是韩诗中的名作。

# 八月十五夜赠张功曹

纤云四卷天无河，清风吹空月舒波①。
沙平水息声影绝，一杯相属君当歌②。

君歌声酸辞且苦，不能听终泪如雨。

洞庭连天九疑高，蛟龙出没猩鼯号。

十生九死到官所，幽居默默如藏逃。

下床畏蛇食畏药，海气湿蛰熏腥臊。

昨者州前捶大鼓，嗣皇继圣登夔皋。

赦书一日行万里，罪从大辟皆除死。

迁者追回流者还，涤瑕荡垢清朝班③。

州家申名使家抑，坎坷只得移荆蛮。

判司卑官不堪说，未免捶楚尘埃间④。

同时流辈多上道，天路幽险难追攀。

君歌且休听我歌，我歌今与君殊科⑤：

一年明月今宵多，人生由命非由他，

有酒不饮奈明何！

## 【注释】

①月舒波：月光舒展似水的清波。

②属：倾注，引申为劝酒。君：指张署。

③涤瑕荡垢：洗涤瑕疵，清除污垢。清朝班：清理
大臣中的奸邪。

④捶楚尘埃间：指伏地受刑。捶楚，棒杖类刑具，
这里用作动词，鞭挞意。唐代参军多为贬官虚衔，官卑
人轻，有过即受上官笞杖。

⑤殊科：不一样，不同类。

**【译诗】**

　　天际有几缕纤细的柔云，深邃的天宇竟看不见银河，爽爽秋风在天庭吹拂，朗朗明月洒播着光波。平展的沙滩宁静的江水，没有了声音和形影，我敬你一杯美酒，请你放声高歌。你的歌啊，曲调酸楚辞句凄苦，不

136

等你唱完,我已泪雨滂沱。"洞庭湖水远接天边,九疑山高耸入云层,水中但见蛟龙出没,山间只听野兽哀号。一路之上九死一生,方才来到谪居之所,我关门闭户敛声屏息,就像罪犯隐藏潜逃。下床走动害怕有毒蛇,拿起碗筷又惧下毒药,阴湿的气息潮润难忍,腥臊的气味熏蒸难熬。前日里州署门前擂响大鼓,新帝即位又擢用了贤臣。大赦天下的文告,一日飞送万里,判了死罪的人,也得保住残生。被贬谪、流放的人们,都被召回任用,象清除污秽尘垢,重新清理朝廷的位序。刺史为我申报了姓名,观察使却有意压制不予奏请,坎坷辗转的我啊,只被移往这荆蛮之境。身为判司官职微贱,对人只能忍气吞声,就这样也难免杖责之辱,俯首低眉在这污浊的尘世。同时遭贬的人们,都已上路回京,那朝天的路途遥远险峻,我已无法追赶。"你请暂且停下,听听我的歌吧,我的歌同你的歌啊完全不是一样:"一年中有多少明月夜,只有今夜月光最皎洁慷慨;人生一世不听别的,都要听从命运安排;要是面对美酒不能畅饮,岂不辜负了这风清月白!"

## 【赏析】

此诗为韩愈中秋之夜写给与他同时被贬的张署的。诗中写作者同张署赴贬所途中的艰难和贬所的险恶环境，以及遇赦后仍遭压抑等等情状，表达了他们不平和悲愤。这些都是通过记述张署的歌辞来反映的。作者的歌词虽说看法不同，认为他们的坎坷遭遇是为命运所决定的，而不是出于其它的原因，因此要张署放开心思赏月饮酒。这种无可奈何的达观其实只是用以安慰对方。作者的情绪同张署是一样的。全诗条理清晰，语言流畅，写景叙事生动。

## 谒衡岳庙遂宿岳寺题门楼

五岳祭秩皆三公，四方环镇嵩当中。

火维地荒足妖怪，天假神柄专其雄。

喷云泄雾藏半腹<sup>①</sup>，虽有绝顶谁能穷。

我来正逢秋雨节，阴气晦昧无清风。

潜心默祷若有应<sup>②</sup>，岂非正直能感通？

须臾静扫众峰出，仰见突兀撑青空。

紫盖连延接天柱，石廪腾掷堆祝融<sup>③</sup>。

森然魄动下马拜，松柏一径趋灵宫。

粉墙丹柱动光彩，鬼物图画填青红。

升阶伛偻荐脯酒<sup>④</sup>，欲以菲薄明其衷。

庙令老人识神意，睢盱侦伺能鞠躬<sup>⑤</sup>。

手持杯珓导我掷，云此最吉余难同。

窜逐蛮荒幸不死，衣食才足甘长终。

侯王将相望久绝，神纵欲福难为功。

夜投佛寺上高阁，星月掩映云曈曚⑥。

猿鸣钟动不知曙，杲杲寒日生于东⑦。

## 【注释】

①半腹：衡岳山腰。

②默祷：暗暗祷告，指向衡岳神祈祷晴朗的天色。若有应：好似有了应验。

③腾掷：腾踊，形容衡山群岭起伏不平，如腾掷。堆祝融：因祝融为最高，所以看起来好似其他的山峰簇拥着它。堆：簇拥意。

④伛偻：弯下腰，表示恭敬。荐：进献。脯：肉干。

⑤睢盱：张目仰视的样子。侦伺：窥察。鞠躬：敛身致敬的样子。这句说，庙令老人睁眼观察，同时鞠躬致敬，引导祭神。

⑥掩映：相互遮掩又相互映衬。此指星月相互辉映。曈曚：光线微弱、隐隐约约的样子，指云层中透出的星月光辉。

⑦杲杲：光明的样子。寒日：对秋天太阳的别称。

**【译诗】**

　　巍巍五岳享受着帝王的祭礼，礼仪规格等同爵位最高的三公，东西南北四岳环列各方镇守，嵩山高耸雄踞正中。五行属火的南方啊，地僻天荒妖怪众多，天帝特地授权衡岳神君，让它镇守此地独显其雄，看它山腰腹地，不时喷泄着云雾，虽然得见山顶，有谁能够登高凌空？如今我来到这衡岳山脚，正赶上秋雨连绵的时节，天昏云暗，阴晦压抑，没有一丝清凉之风。我在心底默默祝祷，这份虔诚似乎得到效验，莫不是正直的衡岳神君，与我的心感应沟通。霎那间风扫阴云，群峰一一排列在眼前，抬头看那高峻峭拔的山峰，如巨柱般撑起了晴空。紫盖峰绵延伸展，与天柱峰紧紧相连，石廪峰起伏腾跃，同祝融峰亲密相拥。险峰峻岭肃然而立令人心惊魄动，我满怀敬畏下马揖拜，又沿着松柏夹峙的山路，直奔神君的灵宫。雪白的墙壁，朱红的大柱，在我眼前光彩浮动，壁画中的妖魔鬼怪，涂抹得青绿绛红。登上殿前的石阶，我深深地弯腰，献上肉干和美酒，想借这点菲薄的祭品表达我的一片虔诚。掌管神庙的老人一定了解神明的意向，他瞪大眼睛仔细观察，又向我回礼鞠躬。然后拿出占卜凶吉的杯珓，教给我如何投掷，他说我的卦象是最吉的征兆，其他人绝难与你相同。我被放逐到蛮荒之地，幸而大难不死，衣食刚能温饱，就甘心如此度过余生。王侯将相对我来说，实在是早已断绝的奢望，即便神明有意赐福，看来也难以成功。夜晚我投宿佛寺，独自登上高高的楼阁，云雾掩蔽了月色星光，看去只见一片迷瞳。山猿啼鸣，寺院钟声，不知不觉中曙光初露，明晃晃的秋阳升起来，将东方的寒空映红。

## 【赏析】

此诗作于韩愈遇大赦改官江陵府法曹参军途经衡山谒庙时。诗的前部分描写了衡山的雄伟气派。中间部分叙述了自己入庙谒神的虔诚心情。后部分通过描述庙祝谒欲为自己卜卦，忆及阳山之贬事，便借题发挥，以自嘲的方式抒发自己的不平之气。全诗将写景、叙事、抒情三者融合在一起，境界开阔，并且一韵到底，气势恢宏。

# 石鼓歌

张生手持石鼓文，劝我试作石鼓歌。

少陵无人谪仙死，才薄将奈石鼓何①。

周纲陵迟四海沸，宣王愤起挥天戈。

大开明堂受朝贺，诸侯剑珮鸣相磨。

搜于岐阳骋雄俊②，万里禽兽皆遮罗。

镌功勒成告万世③，凿石作鼓隳嵯峨。

从臣才艺咸第一，拣选撰刻留山阿。

雨淋日炙野火燎，鬼物守护烦㧬呵。

公从何处得纸本，毫发尽备无差讹。

辞严义密读难晓，字体不类隶与蝌。

年深岂免有缺画，快剑斫断生蛟鼍。

鸾翔凤翥众仙下，珊瑚碧树交枝柯。

金绳铁索锁纽壮，古鼎跃水龙腾梭。

陋儒编诗不收入，二雅褊迫无委蛇④。

孔子西行不到秦，掎摭星宿遗羲娥。

嗟余好古生苦晚，对此涕泪双滂沱。

忆昔初蒙博士征，其年始改称元和。

故人从军在右辅，为我度量掘臼科。

濯冠沐浴告祭酒，如此至宝存岂多？

毡包席裹可立致，十鼓只载数骆驼。

荐诸太庙比郜鼎，光价岂止百倍过⑤？

圣恩若许留太学，诸生讲解得切磋。

观经鸿都尚填咽，坐见举国来奔波。

剜苔剔藓露节角，安置妥贴平不颇。

大厦深檐与盖覆，经历久远期无佗。

中朝大官老于事，讵肯感激徒婩婀⑥！

牧童敲火牛砺角，谁复着手为摩挲？

日销月铄就埋没⑦，六年西顾空吟哦。

羲之俗书趁姿媚，数纸尚可博白鹅。

继周八代争战罢，无人收拾理则那⑧！

方今太平日无事，柄任儒术崇丘轲。

安能以此上论列，愿借辩口如悬河。

石鼓之歌止于此，呜呼吾意其蹉跎！

【注释】

①"才薄"句：我才力浅薄，哪有杜甫、李白那样的诗笔，怎能作好这石鼓歌呢？

②搜：一作蒐，春季打猎。岐阳：今陕西扶风县，因位于岐山之南，山南曰阳，故称。

③钝功勒成：将功业铭刻在石鼓上。"成"，与

"功"同义。钝、勒皆为刻义。

④二雅：即《诗经》中的大雅、小雅。褊迫：指气度狭隘。委蛇：从容大度的样子。这句说："二雅"未收入石鼓文，显得不够雍容大度。

⑤光价：极高的声誉，贵重的身价。

⑥讵肯：岂肯。徒：只是。娭婀：犹豫无主的样子。

⑦日销月铄：随着时间流逝，被溶化、消磨以致损坏。销、铄：熔化，消磨。就：走向。

⑧那："奈何"的合音。则那：即怎奈何。

【译诗】

张籍手捧着石鼓文拓本，劝我试着作一首石鼓歌。杜甫诗圣已不在人间，谪仙李白也告别尘世，如此才智浅薄的我，怎能完成这石鼓之歌。当周朝的纲纪崩颓衰落，天下纷乱如热汤开锅，宣王继位图强愤起，挥师征伐大动干戈。中兴大业已成，天子大开明堂接受四方朝贺，诸侯们簇拥而来，宝剑佩玉叮啴作响相碰相磨。周天子在春日里出猎于岐山之阳，以夸耀他的威武和才智，万里之内都布下了罗网，飞禽走兽都无法逃脱。下令将他的武功刻石记载，让后代永远敬仰尊崇，于是凿山取石制成石鼓，高峻的山头也被削落。宣王的从臣们

145

才艺非凡，堪称天下第一，他们选好石鼓刻上文字，将它们长留在山谷。一年年，一代代，石鼓饱受日晒雨淋野火燎烤，鬼神们将它们牢牢守护，不厌其烦地驱赶斥呵。先生从哪里得来这拓本？文字清晰完整，没有丝毫差错。它的辞义严密深奥，实在难得弄懂；它的字体稀奇古怪，不像隶书和古文蝌蚪。年代远久，怎能避免缺笔少划。字形多么生动；有的像利剑斩断的蛟鼍，有的像鸾凤载群仙飞临，珊瑚与玉树枝干交错，金绳和铁索缠绕连锁，古鼎出没，龙腾飞梭。鄙陋的儒者编辑诗文，却未将石鼓文收入其中，《大雅》、《小雅》篇章狭小，怎容得石鼓文这宏篇巨作。周游列国的孔子，没能西行入秦邦，他拾取了点点的星辰，却丢掉了月亮和太阳。可叹我热爱古代文化，却出生得太晚太晚，面对这石鼓文，我伤心得涕泪滂沱。回想我当初被征召，做了国子监博士，那一年刚改年号，选了吉祥的元和。我的老朋友正担任军职，随军驻扎在长安西边的右扶风，他为我探测文物，掘出了这石鼓藏身的穴窠。我虔诚地沐浴净身穿戴清洁的衣帽，隆重地报告国子监祭酒，那主管我们的上司：像这样极为珍贵的国宝，留存至今的能有几多？用毡席将石鼓包裹，这可以立刻做到，将它们运来京都，也只消几匹骆驼。把石鼓献入太庙，就像当年对待邻国之鼎，但石鼓的光彩和价值，却胜过它何止百倍？如果皇帝恩惠，将石鼓留在大学，就可以让所有的学生，参与学习，讲解切磋。汉朝时到鸿都门观摹经文的人，尚且填街塞路，云集蜂拥，今天要是展出石鼓，可以想见全国都要为它长途奔波。我们要剜去剔除鼓上的苔藓，使它显露出原有的棱角，还要将石鼓安放妥贴，稳当平实，不偏不颇。再建造高大的房屋深长的屋檐，将这宝物遮盖，这样即便年深月久，想来也不会有什么损坏。可是朝中的大官们都老于世故，对此盛事竟然毫不动心，只是哼哼哈哈，态度冷漠。想到石鼓还呆在那山野，任牧童在上面打火，牛羊在上面磨角，有谁肯将它爱护把它的累累伤痕抚摩。我真担心它一天天地销磨毁坏，不久就要彻底埋没，六年以来我都在翘首西望，却只能暗自慨叹吟哦。王羲之的书法俗不可耐，却以姿态妖媚投合世人，就凭那几张字纸，居然可以换得一笼白鹅。周朝至今已历八代，天下一统战乱平息，可是石鼓还在山野无人收拾，这还有什么道理可说。现在四海太平无事，要用儒术治国，因此崇尚孔子、孟轲。怎样才能将石鼓的事情，在朝堂上禀告论说，我愿借能言之士的嘴巴，雄辩滔滔如悬河。石鼓之歌啊，就到此结束吧！可叹我的一片心意竟然白白耽搁。

**【赏析】**

这首诗当作于唐宪宗元和六年（811），韩愈当时正做国子监博士。这首诗记叙了石鼓文的来历、发掘及报告的经过。对封建官僚们热衷官场却对珍贵文物的发现、保护毫不动心，作者表示十分激愤，为石鼓的命运担忧痛心。为呼吁朝廷保护石鼓文，作者慷慨陈词，批评朝官，无所畏惧。全诗充满激情，因而真实感人。韩愈以散体文入诗，以议论入诗，体势典重，音节响朗，把枯燥的"金石学"写得生动开张，气势宏伟。全诗充分体现了韩愈诗文奇崛险峻、宏伟恣肆的风格。

# 柳宗元

## 渔 翁

渔翁夜傍西岩宿，晓汲清湘燃楚竹。
烟销日出不见人①，欸乃一声山水绿②。
回望天际下中流，岩上无心云相逐③。

**【注释】**

①烟销：晨雾消散。

②欸乃：象声词，摇橹声。唐时民间渔歌有《欸乃曲》。

③无心云相逐：云无心而追逐。形容白云自由地飘动，好似追逐着渔舟。

**【译诗】**

那渔翁昨夜里歇息在西山脚下，清早起来他取来清清的湘江水，又点燃楚地的竹枝。烟雾消散日出东方，却不见了他的身影，只有青山绿水之间，响着咿呀呀的摇橹声音。回头看去，那船儿已入中流漂向天边，这西山上的白云啊，也漫无目的地将它追寻。

**【赏析】**

这是作者被贬永州后所作的一首山水诗，通过描绘渔翁生活来抒发情怀。诗描写渔翁晚宿山岩，晨汲湘水烧楚竹，渔船来往于青山绿水，渔歌回荡于云天，一天的生活极为恬淡闲静，自由自在。"欸乃一声山水绿"一句，语意幽深，体现了作者对渔翁悠然自得生活的向往，以此极力排遣他被贬后的抑郁情怀。本诗写景真切生动，情景交融，意境深远。

# 白居易

白居易（772～846），唐代大诗人。字乐天，晚年号香山居士。祖籍太原（今属山西），曾祖时迁居下邽（今陕西渭南东北）。在文学上，他是新乐府运动的主要倡导者。所作诗篇今传近三千首，他自分为讽谕、闲适、感伤、杂律四类。其中《长恨歌》、《琵琶行》最有名。其诗通俗平易，深入浅出，雅俗共赏，因而流传极广。为最受敬慕的古代诗人之一。有《白氏长庆集》七十五卷，今存七十一卷。

## 长恨歌

汉皇重色思倾国①，御宇多年求不得②。
杨家有女初长成，养在深闺人未识。
天生丽质难自弃，一朝选在君王侧。
回眸一笑百媚生，六宫粉黛无颜色。
春寒赐浴华清池，温泉水滑洗凝脂。
侍儿扶起娇无力，始是新承恩泽时。

云鬓花颜金步摇，芙蓉帐暖度春宵。

春宵苦短日高起，从此君王不早朝。

承欢侍宴无闲暇，春从春游夜专夜。

后宫佳丽三千人，三千宠爱在一身。

金屋妆成娇侍夜，玉楼宴罢醉和春。

姊妹弟兄皆列土③，可怜光彩生门户。

遂令天下父母心，不重生男重生女。

骊宫高处入青云，仙乐风飘处处闻。

缓歌慢舞凝丝竹，尽日君王看不足。

渔阳鼙鼓动地来④，惊破霓裳羽衣曲⑤。

九重城阙烟尘生⑥，千乘万骑西南行。

翠华摇摇行复止，西出都门百馀里。

六军不发无奈何⑦，宛转娥眉马前死。

花钿委地无人收，翠翘金雀玉搔头。

君王掩面救不得，回看血泪相和流。

黄埃散漫风萧索，云栈萦纡登剑阁。

峨嵋山下少人行，旌旗无光日色薄。

蜀江水碧蜀山青，圣主朝朝暮暮情。

行宫见月伤心色，夜雨闻铃肠断声。

天旋日转回龙驭，到此踌躇不能去。

马嵬坡下泥土中，不见玉颜空死处。

君臣相顾尽沾衣，东望都门信马归。

归来池苑皆依旧，太液芙蓉未央柳。

芙蓉如面柳如眉，对此如何不泪垂？

春风桃李花开日，秋雨梧桐叶落时。

西宫南内多秋草，落叶满阶红不扫。

梨园弟子白发新⑧，椒房阿监青娥老⑨。

夕殿萤飞思悄然，孤灯挑尽未成眠。

迟迟钟鼓初长夜，耿耿星河欲曙天。

鸳鸯瓦冷霜华重⑩，翡翠衾寒谁与共？⑪

悠悠生死别经年，魂魄不曾来入梦。

临邛道士鸿都客⑫，能以精诚致魂魄。

为感君王展转思，遂教方士殷勤觅⑬。

排空驭气奔如电，升天入地求之遍。

上穷碧落下黄泉⑭，两处茫茫皆不见。

忽闻海上有仙山，山在虚无缥缈间。

楼阁玲珑五云起，其中绰约多仙子。

中有一人字太真，雪肤花貌参差是。

金阙西厢叩玉扃，转教小玉报双成⑮。

闻道汉家天子使，九华帐里梦魂惊。

揽衣推枕起徘徊，珠箔银屏逦迤开。

云鬓半偏新睡觉，花冠不整下堂来。

风吹仙袂飘飘举，犹似霓裳羽衣舞。

玉容寂寞泪阑干，梨花一枝春带雨。

含情凝睇谢君王，一别音容两渺茫。

昭阳殿里恩爱绝，蓬莱宫中日月长。

回头下望人寰处，不见长安见尘雾。

唯将旧物表深情，钿合金钗寄将去。

钗留一股合一扇，钗擘黄金合分钿。

但令心似金钿坚，天上人间会相见。

临别殷勤重寄词，词中有誓两心知。

七月七日长生殿，夜半无人私语时。

在天愿作比翼鸟，在地愿为连理枝。

天长地久有时尽，此恨绵绵无绝期。

## 【注释】

①汉皇：汉帝，借指唐玄宗。倾国：汉李延年诗："北方有佳人，绝世而独立。一顾倾人城，再顾倾人国。"后因以倾国倾城指绝色佳人。

②御宇：御临宇内，指皇帝即位统治天下。

③列土：分封土地。杨贵妃的三个姊妹被玄宗封为韩国、虢国、秦国夫人，族兄杨铦、杨锜、杨国忠分别为鸿胪卿、侍御史和右丞相。

④渔阳鼙鼓：指安禄山叛军作乱。

⑤霓裳羽衣曲：唐舞曲，属法曲部，河西节度使杨述敬所献，经玄宗改编。屡见于唐人歌咏。

⑥九重城阙：指皇都所在。

⑦六军：《周礼·夏官》记天子六军，后代用以称皇帝护卫军队。

⑧梨园弟子：玄宗精通乐舞，曾选坐部伎子弟三百人，教习于梨园，称梨园弟子。

⑨椒房：后妃所居。阿监：宫中女官。青娥：少女。

⑩鸳鸯瓦：房瓦一俯一仰相合，称阴阳瓦，又称鸳鸯瓦。

⑪翡翠衾：被上绣有翡翠图案，取其双栖之意。"翡翠衾寒"四字一作"旧枕故衾"。

⑫鸿都：汉洛阳宫门，此代指长安。

⑬方士：道士。

⑭碧落：道书称东方第一层天为碧落。黄泉：地下深处。

⑮小玉：吴王夫差小女名紫玉，与童子韩重相恋，为吴王逼死，魂魄现形与韩重相见。见《搜神记》。双成：董双成，传说中西王母的侍女。

## 【译诗】

威严的汉皇啊看重美色，想要得到那倾国之貌的绝世佳人，他统御天下已经多年，中意的人儿却始终未得。杨家有一个姑娘刚刚长大，养育在闺阁中还无人知晓，她天生一副美丽的姿质，决不甘心自我埋没，终于有一天被选入宫，来到了君王的身边。她只要回眸微微一笑，便生出百般妩媚，使那后宫的所有妃嫔，全都黯然无光，淡然无色。春寒时节君王赐给汤沐，就在那金碧辉煌的华清池，温泉之水温润滑爽，为她洗濯柔嫩细腻的身躯。浴后的她娇柔乏力，让宫女轻轻将她扶起，那是她生平头一回，承受到君王的恩泽。乌云一样的头发，鲜花一般的容貌，翼边是珠光闪闪的金步摇，芙蓉帐里温馨和暖，她与君王共度春宵。欢娱的春宵何其短暂，可恼的日头高挂蓝天，从此君王再也不去，上那百官议事的早朝。领受君王的欢爱，侍奉君王的酒宴，不见她有半点空闲，春日里陪伴君王去郊游，夜晚来都是她一人侍寝。君王的后宫里，有三千个美女，对这三千人的宠爱，全都集中给了她一人。在那华丽非凡的宫室里，她精心妆饰打扮，用一派妩媚娇柔，侍奉君王过夜；在那雕栏画栋的玉楼上，她陪君王欢饮，那醉后的姿态更加动人，像春风摇荡君王的心。于是她的兄弟姐妹们，一个个都分封了爵位，令人羡慕的光彩，辉耀着她家的门楣。于是天下父母的心啊，都不再看重生男儿，还是生女儿好啊，可以争得多少荣耀。那骊山上的华清宫，高大宏伟耸入云霄，宫中的音乐像来自仙境，随风飘散处处可闻。歌声舒缓舞姿柔曼，乐队伴奏丝丝入扣，任君王整天地观赏，总也不感到厌烦。忽然间渔阳叛军擂响了战鼓，震地动天滚滚而来，惊破了霓裳羽衣曲中，那君王的美梦。城阙坚固的京城里，烟尘弥漫一片慌乱，千军万马拥着君王，直奔向西南的群山。君王的车驾旌旗招摇，一忽儿又停在路上，算来离开城门，不过百余里路程。原来是君王的军队，再也不肯前行，要求惩治杨氏，君王也奈何不得。这绝代美人啊，被缢死在马前。她戴的翠翘金雀玉簪子，全都散落一地，无人收拾。君王对面不能相救，只得掩面痛泣而走，又不由得回头怅望，血与泪交相横流。黄色的尘土

弥漫飞散，萧瑟的秋风饱含凄凉，连云的栈道曲折盘旋，高耸的剑门迎来了君王。峨嵋山下行人稀少，旌旗晦暗日光淡薄。蜀地的水啊清澈澄碧，蜀地的山啊苍翠青绿，君王对她满怀眷念，每一个早晨，每一个黄昏。行宫中望见凄清的明月，那是让人伤心的景色，夜雨里听到风摇檐铃，那是催人肠断的声音。天地旋转，时局改变，君王的车驾要返回京都，来到那佳人丧命的地方，他久久地犹豫徘徊。马嵬坡下这一片泥土，哪里去寻佳人的容颜，只有那一片旷野，是她惨死的场地。君王与侍臣默默对视，哀痛难忍涕泪沾衣，有什么心情加鞭赶路，任车马慢慢回归都门。到宫中但见那池沼和苑囿依旧，大液池里荷花灼灼，未央宫内柳枝依依。荷花不就像她娇媚的面容吗？柳叶正如她弯弯的蛾眉，面对如此伤心的景物，叫人如何能忍住泪珠？每当春风和煦桃红李白的日子，每当秋雨凄凉梧桐叶落的时候，那一缕悠悠的情思，萦绕在君王心头。皇城南北的宫院里长满了萋萋的秋草，宫殿的石阶上铺满了红叶。却不见有人打扫。梨园的艺人们啊，已经生出了白发，后宫的女官哟，也已红颜衰老。黄昏时宫殿里流萤飞动，来伴君王静静地沉思，深夜里孤灯燃尽，也不能安然入眠。报更的钟鼓声缓缓传来，难熬的长夜才刚刚开始；淡淡的银河星光将要逝去拂晓终于又来临。鸳鸯瓦清冷冰凉，覆盖着浓重的秋霜，翡翠被寒透肌肤，有谁与我共暖？这长长的生离死别，过了一年又一年，那佳人的魂魄，却从未来到君王梦中。有一位客居京城的临邛道士，能以致诚之心感召死者的魂灵。被君王的绵绵情思所感动，这方术之士为之殷勤寻觅。他腾空而去，驾驭清气如闪电般飞驰，要上天入地，把宇宙四方搜求个遍。他上升到深深的碧空，又下降到幽隐的黄泉，天上地下一片迷茫，都不见她的一点踪迹。忽然听说海上有一座仙山，那山在虚无缥缈的去处。玲珑的楼阁缭绕着五彩祥云，里面住着许多美丽的仙女。其中有一位名号太真，雪白的体肤，如花的容貌，依稀是君王思念的佳人。道士来到金碧辉煌的仙宫，去叩击殿堂西厢的玉门，辗转请求侍女小玉和双成，去向她们的主人禀报。听说是汉家天子派来使者，她从华美的帷帐中惊醒，披上衣衫推开玉枕，她起身急步徘徊，重重珠帘和屏风打开了。招呼那使者快快进来。乌云般的发髻蓬松偏斜，看得出她刚刚醒来，花冠也没有来得及整饰，她急匆匆走下台阶。微风吹拂，她那仙衣的长袖轻轻飘飞，就像当年，和着霓裳羽衣曲起舞翩翩。看她的脸上神色暗淡，秀丽的面庞泪水横流，仿佛一枝洁白的梨花，被春雨沾湿略

带娇羞。她含情脉脉目光炯炯，向使者表达对君王的谢意。自从那一次与君王分别，音信神气都渺茫不通。当年昭阳殿内的万般恩爱，如今早已是完全断绝，我只得在这蓬莱宫里，独自度过悠长的岁月。我有时回头向人间遥望，看不到长安城，只见烟尘滚滚迷雾蒙蒙。只有用旧日定情的物件，来表达我的满怀深情，这金花镶嵌的锦盒和金钗，请你带给我的君王。我已经将锦盒与金钗用手掰开，我与他钗各一股盒各半边。只要我们的爱心像黄金一样坚牢，哪怕天上人间也总会相见。临别时她又殷勤地请使者转达几句话，这话中有几句誓言，她与君王都心领神会。七月七日那天在长生殿上，夜半无人我俩窃窃私语："在天上愿化作比翼双飞的鸟儿，在地上愿变成连根并蒂的花枝。"高天大地再长久，也总有完结的时候，我们这生离死别的怨恨啊，绵绵不断永远没有终结。

## 【赏析】

本诗作于元和元年（806）。诗的前半部分对唐玄宗宠幸杨贵妃是持讽刺态度的。开篇"汉皇重色思倾国"就点了一下，接着写唐玄宗如何求色，杨贵妃如何持宠而骄，以及唐玄宗得贵妃以后如何纵欲、行乐，从而酿成安史之乱的悲剧。这些描写写出"长恨"悲剧的根源，作者对唐玄宗的荒淫腐朽和杨玉环的持宠而骄以及杨氏家族的专横乱政，是予以揭露和谴责的。但对李、杨生死不渝，坚贞不二的爱情作者倾注了更深的笔力，描写细致，感人至深。这充分表现于长诗后半部。在处死杨贵妃后，唐玄宗痛不欲生，作品细致描写了唐玄宗的寂寞悲伤、追怀忆旧、睹物思人的深情，最后又以浪漫主义的手法写杨贵妃在仙宫殷勤迎接汉家的使者，托物寄词，申誓陈情，含情绵绵，情意无限。故事主人公的相思之情和真挚的感情，缠绵悱恻，使人回肠荡气。作者对李、杨的爱情悲剧，更偏重于同情与惋惜。诗中流传千古的佳句颇多，如："回眸一笑百媚生，六官粉黛无颜色”、“后宫佳丽三千人，三千宠爱在一身”、“春风桃李花开日，秋雨梧桐叶落时”、“玉容寂寞泪阑干，梨花一枝春带雨”、“在天愿作比翼鸟，在地愿为连理枝”、“天长地久有时尽，此恨绵绵无绝期”等等。赵翼《瓯北诗话》中说：“《长恨歌》一篇，其事本易传，以易传之事，为绝妙之辞，有声有情，可歌可泣，文人学士，既叹为不可及，妇人女子，亦喜闻而乐诵之，是以不胫而走，传遍天下。”道出这首诗的艺术魅力和流传深远。

## 琵琶行（并序）

元和十年，予左迁九江郡司马①。明年秋，送客湓浦口。闻舟中夜弹琵琶者，听其音，铮铮然有京都声。问其人，本长安倡女，尝学琵琶于穆、曹二善才。年长色衰，委身为贾人妇。遂命酒，使快弹数曲，曲罢悯然，自叙少年时欢乐事，今漂沦憔悴，转徙于江湖间。予出官二年，恬然自安。感斯人言，是夕始觉有迁谪意。因为长句歌以赠之，凡六百一十六言，命曰《琵琶行》。

浔阳江头夜送客，枫叶荻花秋瑟瑟②。

主人下马客在船，举酒欲饮无管弦。

醉不成欢惨将别，别时茫茫江浸月。

忽闻水上琵琶声，主人忘归客不发。

寻声暗问弹者谁，琵琶声停欲语迟。

移船相近邀相见，添酒回灯重开宴。

千呼万唤始出来，犹抱琵琶半遮面。

转轴拨弦三两声，未成曲调先有情。

弦弦掩抑声声思③，似诉平生不得志。

低眉信手续续弹，说尽心中无限事。

轻拢慢捻抹复挑，初为《霓裳》后《六幺》。

大弦嘈嘈如急雨，小弦窃窃如私语。

嘈嘈窃窃错杂弹，大珠小珠落玉盘。

间关莺语花底滑④，幽咽泉流冰下难。

冰泉冷涩弦凝绝，凝绝不通声暂歇。

别有幽愁暗恨生，此时无声胜有声。

银瓶乍破水浆迸，铁骑突出刀枪鸣。

曲终收拨当心画，四弦一声如裂帛。

东船西舫悄无言，唯见江心秋月白。

沉吟放拨插弦中，整顿衣裳起敛容。

自言本是京城女，家在虾蟆陵下住。

十三学得琵琶成，名属教坊第一部⑤。

曲罢曾教善才服，妆成每被秋娘妒。

五陵年少争缠头，一曲红绡不知数⑥。

钿头银篦击节碎，血色罗裙翻酒污。

今年欢笑复明年，秋月春风等闲度。

弟走从军阿姨死，暮去朝来颜色故。

门前冷落鞍马稀，老大嫁作商人妇。

商人重利轻离别，前月浮梁买茶去。

去来江口守空船，绕船月明江水寒。

夜深忽梦少年事，梦啼妆泪红阑干。

我闻琵琶已叹息，又闻此语重唧唧。

同是天涯沦落人，相逢何必曾相识！

我从去年辞帝京，谪居卧病浔阳城。

浔阳地僻无音乐，终岁不闻丝竹声。

住近湓江地低湿，黄芦苦竹绕宅生。

其间旦暮闻何物？杜鹃啼血猿哀鸣。

春江花朝秋月夜，往往取酒还独倾。

岂无山歌与村笛，呕哑嘲哳难为听。

今夜闻君琵琶语，如听仙乐耳暂明。

莫辞更坐弹一曲，为君翻作琵琶行。

感我此言良久立，却坐促弦弦转急。

凄凄不似向前声，满座重闻皆掩泣。

座中泣下谁最多？江州司马青衫湿⑦。

**【注释】**

①左迁：贬官。汉代尚右，故称降级为左迁，后代因之。

②瑟瑟：风吹草木声。

③掩抑：一种弹奏手法，其声有吞咽幽怨之致。

④间关：鸟鸣声。

⑤教坊：唐代所设教习歌舞的机构，有内教坊和左右教坊。

⑥红绡：红色的薄绸。

⑦青衫：唐代九品官服青，州司马为五品，服浅绯。青衫当指便服。

**【译诗】**

元和十年，我被贬谪为九江郡司马。第二年秋天的一个晚上，我去湓浦口为朋友送行，听见一条船上有人在弹奏琵琶，听其乐声，铿锵有力，而且是京城流行的曲调。向那人询问，才知道她原来是长安的乐妓，曾经跟穆、曹二位著名琵琶乐师学艺，年纪大了，姿色衰褪，只好嫁给了一个商人。于是我吩咐备酒，让她痛痛快快地弹几支曲子。弹奏完毕，她面带愁容。又叙说她青春年少时的欢乐情景，现在却漂泊沉沦，形容憔悴，在江湖上辗转奔波。我离开京城到此任职已有两年，一直是心情恬淡，宁静自得，她的一席话触动了我，今天晚上才体会到被贬谪的意味。为此作了这首长诗赠送给她。全诗共六百一十六字，题名为《琵琶行》。

在这浔阳江畔的夜晚，我来为远去的朋友送行，枫叶赤红芦花雪白，秋风阵阵摇曳哀吟。我们下了马，将朋友送上船，举起这杯别离酒，却没有音乐伴我们消忧解愁。忧伤沉闷中喝得几分醉意，心情惨淡就此分手告别，告别时江上茫茫一片，清冷的江水浸着一轮寒月。忽然听见那水上飘来一阵琵琶声，应回转的我忘了迈步，将远行的友人也不叫开船。我们寻找到传出乐声的那只船，在黑暗中询问是谁在弹奏，琵琶声虽然停下，却许久没有人回答。于是我们把船儿靠上去，请弹奏者出来相见，同时吩咐添上酒菜燃亮灯火，重新摆下酒宴。我们呼唤了不下千声万声，她才缓缓出现在我们面前，还用怀中的琵琶啊，遮住半边脸面。但见她轻轻拧动弦轴，试弹了三两个乐音，虽然没弹出曲调，已经饱含着激情。每一次拨弦都深沉压抑，每一声乐曲都充满忧思，就像在低声倾诉，平生如何不得志。她垂下眉眼随手弹拨，让琵琶叙说自己的无限心事。手指在弦上轻

推慢揉，忽儿横拔又忽儿反挑，先弹了有名的霓裳羽衣曲，又弹奏一曲流行的六幺。大弦的乐音沉重悠长，仿佛一阵急骤的暴雨；小弦的乐声短促细碎，好像有人在窃窃私语。弦音轻重缓急高低快慢，任她随意地交错交换，犹如大大小小的珍珠，一粒粒坠入玉盘。一会儿像黄莺的鸣唱，在花丛中轻快流转；一会儿如冷泉呜咽，在冰层下滞涩地流淌。到后来仿佛泉水冰冻，冷滞之气在弦上凝结，凝聚不散流不畅，乐声渐息若断绝。别有一种深沉的忧愁，在其中暗暗萌生，此时这无声的意味，更胜过有声的情趣。突然间迸发出清越的乐音，如银瓶破碎水浆喷射，又转向铿锵雄壮，像铁骑冲锋刀枪齐鸣。乐曲结束时，她收回拨子当心一划，四根琴弦同时发声，就像撕裂绢帛一般干脆。左右停靠的船只啊，都静悄悄无声无息，只见皎洁的月儿，映照在冷冷的江心。她轻叹一声，将拨子插入弦中，整理好衣裳起身，现出庄重的神情。她说自己原是京城女子，家里住在虾蟆陵。十三岁就学成了琵琶，名列教坊的第一部。我的技艺已十分精湛，一曲弹罢连曲师也心悦诚服；我的容貌也娇美动人，梳好妆往往被姐妹们嫉妒。那些家居五陵的富贵子弟，争着送给我各种财物，弹奏一曲得到的红绡，可以说不计其数。我用镶金片的发篦打拍子，敲碎了也不觉得可惜；血红色的罗裙泼上了酒，我也全不在意。年复一年地寻欢作乐，轻松随意地打发时光。弟弟去当了兵，阿姨也入了土，一天又一天过去，我的容颜也终于衰老。门前变得冷冷清清，来往的车马时有时无，年纪老大有什么办法，只好嫁个商人为妻。商人都只重财利，哪在乎夫妻别离，前月就去了浮梁，是为了茶叶生意。来来去去总让我在这江口上守着空船，四周只有寒冷的江水，和明月的清光。深夜里忽然梦见少年时欢乐的往事，不由得从梦中哭醒，泪水和着脂粉满脸纵横。我听了琵琶曲已伤感叹息，又听这一席话更慨叹

不已。同样是流落在天涯的人啊，今天相遇又何必是曾经相识！我从去年离开京都，抱病贬谪到这浔阳城。这地方荒凉偏僻没有音乐，一年到头也听不到美妙的乐声。住的地方靠近湓江，地势低洼又十分潮湿，黄芦和苦竹密密匝匝，在我的宅边杂乱丛生，从早到晚，在那里能听到的声音，就是杜鹃声声啼血，猿猴声声哀鸣。每当春江花开的早晨，和秋月凌空的夜晚，我往往取来浊酒，一个人闷闷酌饮。难道就没有当地人，唱唱山歌吹吹村笛？不过那声音嘈杂嘶哑，实在让人难以入耳。今天夜里听了你弹奏的琵琶曲，真像仙乐入耳清朗明净。请你不要推辞，再坐下弹奏一曲，我要按那曲调，为你写一首《琵琶行》。我的话使她感动不已，她呆呆地站了好久，然后回到座位上，将弦调得更紧弹得更急。凄楚哀婉的曲调，已不依先前的乐声，重新听乐的人们，全都忍不住掩面哭泣。在座的人中谁流泪最多啊，我这江州司马的青色袍服，已经被泪水漫湿。

## 【赏析】

这首叙事长诗，是白居易贬为江州司马第二年所作。元和十年（815），李师道派遣刺客刺死极力主张扫平不听朝命之方镇的宰相武元衡，作为左善赞大夫的白居易上疏请求缉拿惩办凶手。但却遭到权贵的忌恨和陷害，以越职言事的罪名被贬江州。

作者在这首长篇叙事诗中，借一个沦落天涯的琵琶女的可悲遭遇来抒发自己宦途失意的愤懑。"同是天涯沦落人，相逢何必曾相识"，表达诗人和琵琶女的共同命运。诗中描写了琵琶女精湛的演奏技艺和凄凉身世，抒发了自己遭贬的悲愤感情。诗歌为琵琶女因年老色衰而被弃，自己直言敢谏而遭贬鸣不平，表现了深刻的社会意义。作者善于运用细节描写突出人物的性格，运用景物描写渲染环境气氛，运用生动的比喻和富有音乐美的语言描写琵琶女的演奏技艺，给人丰富的联想。此诗写琵琶之演奏极为出色：写琵琶声急时，"嘈嘈切切错杂弹，大珠小珠落玉盘"；写琵琶声缓时，"间关莺语花底滑，幽咽泉流冰下难"；写琵琶声寂时，"冰泉冷涩弦凝绝，凝绝不通声暂歇。别有幽愁暗恨生，此时无声胜有声"；写琵琶声终时，"银瓶乍破水浆迸，铁骑突出刀枪鸣。曲终收拨当心画，四弦一声如裂帛。"生动形象，是音乐诗中的佼佼者。此诗正是以出色的对音乐的描写和对人生境遇的慨叹以及流利婉转的诗语而享誉后代的。

全诗虽长，却结构谨严，行云流水，一气贯注，从而成为有唐长篇叙事诗中最突出的名篇之一。

# 李商隐

李商隐（812～858），唐诗人。字义山，号玉溪生，怀州河内（今河南沁阳）人。其诗多感慨时世、俯仰今古，并抒发个人失意的悲怀，情调抑郁哀伤。《无题》诗多为爱情之作，为人传诵。其诗深情绵邈，绮丽精工，风格独特。但亦有晦涩难明之病。有《李义山诗集》、《樊南文集》。

## 韩 碑[①]

元和天子神武姿，彼何人哉轩与羲。

誓将上雪列圣耻[②]，坐法宫中朝四夷。

淮西有贼五十载，封狼生貙貙生罴。

不据山河据平地，长戈利矛日可麾。

帝得圣相相曰度，贼斫不死神扶持。

腰悬相印作都统，阴风惨澹天王旗。

愬、武、古、通作牙爪，仪曹外郎载笔随。

行军司马智且勇③，十四万众犹虎貔。

入蔡缚贼献太庙，功无与让恩不訾。

帝曰"汝度功第一，汝从事愈宜为辞。"

愈拜稽首蹈且舞，金石刻画臣能为。

古者世称大手笔，此事不系于职司。

当仁自古有不让，言讫屡颔天子颐。

公退斋戒坐小阁，濡染大笔何淋漓。

点窜《尧典》、《舜典》字，涂改《清庙》、《生民》诗。

文成破体书在纸，清晨再拜铺丹墀。

表曰"臣愈昧死上"，咏神圣功书之碑。

碑高三丈字如斗，负以灵鳌蟠以螭。

句奇语重喻者少，谗之天子言其私。

长绳百尺拽碑倒，粗砂大石相磨治。

公之斯文若元气，先时已入人肝脾。

汤盘孔鼎有述作，今无其器存其辞④。

呜呼圣王及圣相，相与烜赫流淳熙⑤。

公之斯文不示后，曷与三五相攀追？

愿书万本诵万遍，口角流沫右手胝。

传之七十有二代，以为封禅玉检明堂基⑥。

## 【注释】

①韩碑：指韩愈所撰《平淮西碑》。

②列圣耻：指宪宗之前玄宗、肃宗、代宗、德宗等历代所受藩镇割据、叛乱之耻辱。

③行军司马：指韩愈。

④汤盘：相传商汤沐浴之盆，铸有铭文。孔鼎：指孔子先世正考父之鼎。也铸有铭文。后二物俱亡，但铭文已流传开去。喻韩碑虽遭毁，而碑文将不朽于世。

⑤圣王及圣相：指宪宗和裴度。淳熙：光明正大。

⑥七十有二代：极言流传之久。封禅：封禅书文。明堂基：大殿的基础。

## 【译诗】

宪宗皇帝年号元和，辉煌的功业，非凡的威仪，他可与上古圣君媲美，就像轩辕和伏羲。对列祖列宗蒙受的耻辱，他发誓要统统雪洗，而后安然端坐在宫中，迎接四方八面的朝觐。那反叛的逆贼盘踞淮西，已经度过了五十个春秋，他们竟敢擅自父职子袭，像天狼生貔貅又生罴。山林江河的险僻处他们不占，专门霸占财富人众的平原大地，仗恃着兵马强悍，气势嚣张，挥动戈矛能驱赶太阳。皇帝求得了一位贤明的宰相，裴度就是他的姓名，曾经遭到叛贼刺杀而大难不死，因为他有神灵保佑扶持。他腰间挂着宰相金印，又受命讨贼督率大军。仲秋出师风紧云暗，天子送行旌旗招展。李愬、韩公武、李道古和李文道，一个个部将精悍勇武；礼部员外郎李宗闵，也追随帐下做他的文书。行军司马是韩愈，心怀锦绣有勇有谋。更有那十四万大军，勇猛善战胜过虎豹貔貅。趁大雪我军袭破蔡州，生擒那贼首吴元济，将他押回京城献入太庙，隆重地向祖先告祭。天逆雪耻，裴宰相功劳无须推让；升官赐爵，天子的恩惠不可计量。皇帝说："这一仗胜来不易，你裴度督师功居第一，我命你那下属韩愈，为之撰文纪功，刻碑永记。"韩公连连叩首谢恩手舞足蹈："为刻石纪功撰写文字，微臣我完全能够胜任，按照古例这种煌煌大作，却不能交给文墨官吏完成，但是又有当仁不让的古训，我愿承担这份神圣的重任。"天子听了这番话，连连点头十分赞赏。韩公退朝后沐浴斋戒，凝神静心端坐小楼上，笔墨饱满文采飞扬，言辞深切淋漓酣畅。借鉴了《尧典》和《舜典》，那《尚书》庄严的体例，参考了《清庙》和《生民》，那《诗经》典雅的篇章。碑文写好了，用变体行书誊正，清晨去朝拜天子，将文章铺展在殿前。又向皇帝上表称：臣斗胆冒死上呈，这歌颂神圣功业的文字，乞请天子诏令，将它镌刻成碑。"臣碑竖起三丈高，碑文字字大如斗，东海灵龟来负重，螭龙盘曲踞碑头。那碑文语句奇异深奥，能读懂的人实在很少，于是有人向天子进谗，说韩愈撰此文公私颠倒。扯起了百尺长绳，将巨碑翻身拽倒，又用那粗砂大石，把碑文统统磨掉。但韩公的洋洋碑文，如天地间浩然元气，它早已深入漫染，在人们的心肝肺脾。商汤的盘和孔丘的鼎，都有古人铭刻的文字；盘和鼎虽已荡然无存，铭文却得以流传万世。啊，圣明的君王，贤明的宰相，声威显赫，流光溢彩。要是韩公的碑文，不能昭示于后人，那么天子的功德，又如何同三皇五帝承接。我愿将那碑文抄写万卷，哪怕唇干舌噪口吐白沫，哪怕手酸臂痛磨出老茧。让韩公的这篇宏文，作天子封禅书的玉函，作皇帝明堂的基石，传给后世七十二代，直到永远，永远！

**【赏析】**

唐宪宗元和十二年（817），宰相裴度为削平藩镇，亲赴淮西指挥战斗，韩愈为行军司马。淮西平后，韩愈奉命作《平淮西碑》，碑文突出了裴度的决策统帅之功。时随节度使李愬则以为在淮西之役中，他雪夜入蔡州，生擒吴元济，应居首功。李愬妻是唐安公主的女儿，出入宫禁，在宪宗前说此碑文不真实，宪宗乃使人倒碑磨去韩文，命翰林学士段文昌重新撰文刻碑。平心而论，李愬之功虽著，但是为裴度作战计划中的一部分，韩愈在碑文突出裴度之功勋，是公平允当的。李商隐此诗，咏的即是此事。

本诗赞扬韩碑，在诗歌风格上也学习韩愈，采用散文笔法，按事件原委依次叙述，句法上不避虚字，运用生避句式和格律，具有和韩诗一样的险峻奇崛的风格，这在李商隐诗中是别具一格的。

# 七言乐府

# 高 适

　　高适（706～765），字达夫，唐渤海郡莜县（今河北省景县）人。青年时期仕途不甚得意，客游梁、宋后在宋州刺史张九皋荐举下，当封丘县尉。不久又到河西节度使哥舒翰那里当掌书记。安史之乱后，历任淮南节度史，蜀、彭二州刺史，西川节度使，最后官至散骑常侍，人称高常侍。高适的诗歌成就是多方面的，但边塞诗最富艺术魅力。他曾两度到边塞。边塞生活丰富了他的诗歌内容，使之成为著名的边塞诗人。

## 燕歌行①

　　开元二十六年，客有从元戎出塞而还者，作《燕歌行》以示适，感征戍之事，因而和焉。

汉家烟尘在东北，汉将辞家破残贼②。

男儿本自重横行，天子非常赐颜色。

摐金伐鼓下榆关，旌旗逶迤碣石间。

校尉羽书飞瀚海，单于猎火照狼山。

山川萧条极边土，胡骑凭陵杂风雨。

战士军前半死生，美人帐下犹歌舞。

大漠穷秋塞草腓③，孤城落日斗兵稀。

身当恩遇常轻敌，力尽关山未解围。

铁衣远戍辛勤久，玉箸应啼别离后。

少妇城南欲断肠，征人蓟北空回首。

边庭④飘飖那可度，绝域苍茫更何有！

杀气三时作阵云，寒声一夜传刁斗。

相看白刃血纷纷，死节从来岂顾勋！

君不见沙场征战苦，至今犹忆李将军。

## 【注释】

①燕歌行：乐府《相和歌辞·平调曲》旧题。燕，古地名，今河北省北部及辽宁西南一带。北泛指东北边塞。

②汉将：借指唐将。残贼：《孟子》："残仁者谓之残，残义者谓之贼。"此指敌人。

③腓：病。此指枯萎。

④边庭：边境。

**【译诗】**

开元二十六年，有位朋友跟随大将出征塞外归来，写了《燕歌行》给我看。我有感于征伐戍守的军役之事，因而作了这首诗与之唱和。

在汉朝遥远的东北边关，烽烟飞扬，尘沙弥漫；汉家大将告别家乡，去把凶残的贼寇扫荡。男子汉本应当看重，纵横驰骋上疆场；汉天子又特别赏识，礼遇隆重恩惠深。大军起程鸣金击鼓，浩浩荡荡兵发榆关，面面旌旗迎风招展，蜿蜒盘绕在碣石山。边塞校尉的紧急文书，飞过浩瀚的大漠；敌酋燃起的战火，照亮了明森的

狼山。边境之地，多么辽远，山川寂寞，荒无人烟；敌骑猖狂，恣意侵掠，挟风裹雨，挥刀舞剑。士兵们在前线拼杀，已经亡伤过半，将帅们在营帐里作乐，看美人歌舞正酣。秋天将尽的大漠上，边地的荒草一片枯黄；落日映照的孤城里，已经没有多少士兵可以作战。身受朝廷的恩惠和信任，哪会把敌寇放在眼里，在关山督军死战，重重敌围仍未能冲破。身披铁甲的战士，长期戍边何等辛苦，家中的妻子怨恨别离，日日垂泪何其伤心！少妇在城南思念役夫，哀痛欲绝，愁肠寸断，出征的人在边塞枉自回头，望眼欲空，何处是乡关！塞上寒风飘飘，哪能载我飞度这遥远的路途？边地辽远荒僻，莽莽苍苍一无所有。白日里列阵沙场，杀气腾腾天昏地暗；寒夜中传警军营，刁斗声声胆战心惊。你看那刀光剑影血雨纷纷，誓死报国哪曾想过得到功勋？谁不知沙场争战千辛万苦，人们至今还怀念那爱护士卒的李广将军。

## 【赏析】

这是一首写北地征战而杂以讽刺的诗。

诗序中所说"御史大夫张公"，指河北节度副大使张守珪。开元年间张以与契丹作战有功，拜辅国大将军兼御史大夫。其后部将败于契丹余部，守珪非但不据实上报，反贿赂派去调查真相的牛仙童，为他掩盖败迹。高适从"客"处得悉实情，写了这首诗。

全诗概括了开元年间唐军将士的戍边生活，高度赞扬士兵奋不顾身，杀敌立功的精神，也表现了他们长期戍边的思乡之情，揭露了军队内部将领和士兵之间的矛盾，抨击了边防将领的骄奢。作者运用鲜明的对比和排偶句来揭示各种复杂的矛盾，表达战士们在不同情况下的感情变化。全诗形象鲜明，气势奔放，四句一韵，流转自然。

# 李 颀

## 古从军行

白日登山望烽火，黄昏饮马傍交河。

行人刁斗风沙暗，公主琵琶①幽怨多。

野云万里无城郭，雨雪纷纷连大漠。

胡雁哀鸣夜夜飞，胡儿眼泪双双落。

闻道玉门犹被遮，应将性命逐轻车②。

年年战骨埋荒外，空见葡桃入汉家。

**【注释】**

①公主琵琶：相传汉武帝时，以江都王刘建的女儿为公主，嫁给乌孙（西域国名）国王莫昆，为安慰其去国之思，派人在途中骑马弹奏琵琶。"公主琵琶"即指此。

②轻车：轻车将军的简称。此泛指将帅。

**【译诗】**

白天登上高山，去瞭望报警的烽火；傍晚时在交河岸边，饮我们的战马。在昏暗的风沙里行军，注意倾听军中刁斗声；琵琶声传出无限哀怨，仿佛乌孙公主远行。边地万里荒无人烟，只有这座大野孤营；雨雪纷纷弥漫天地，就像与大漠融成一气。胡地的鸿雁夜夜由此飞过，哀叫着投向南方；胡兵的眼泪一串又一串，洒落在这僻远关山。听说身后的玉门关啊，被朝廷派兵阻塞，只有舍生拼命，跟随主帅去血战。一年又一年啊，战士的尸骨埋在荒野，只不过换来那葡萄种子栽进了汉家宫苑。

**【赏析】**

战争，无论是正义的，还是非正义的，都以牺牲生命作为代价；无论输赢百姓都要生灵涂炭。这首诗，写的就是征战之士的怨望。诗先写行军的苦况，以风沙昏暗，琵琶呜咽渲染悲凉的气氛。接着写塞外战地的荒旷萧条：茫茫荒野，万里无人，雨雪交加，胡雁哀鸣，胡儿落泪，进一步表现从军征战的劳苦。这种残酷的战争到底换来了什么呢？每年牺牲了那么多的战士，所得只是葡萄种进于汉家天子罢了！诗人将厌战之情淋漓尽致地表现于诗语之外了。作者没有民族偏见，这在有唐边塞诗中也是可贵的。

# 王　维

## 洛阳女儿行

洛阳女儿对门居，才可容颜十五余①。
良人玉勒乘骢马，侍女金盘脍鲤鱼。
画阁珠楼尽相望，红桃绿柳垂檐向。
罗帷送上七香车。宝扇迎归九华帐。
狂夫富贵在青春，意气骄奢剧季伦。
自怜碧玉亲教舞，不惜珊瑚持与人。
春窗曙灭九微火，九微片片飞花琐②。

戏罢曾无理曲时，妆成只是熏香坐③。

城中相识尽繁华，日夜经过赵李家。

谁怜越女颜如玉，贫贱江头自浣纱④。

**【注释】**

①才可：恰好，刚够。

②曙：天亮。九微火：灯名。

③理曲：练习歌曲。

④越女：指西施。颜如玉：容貌美丽如玉。

**【译诗】**

在洛阳有一位女子，与我家对门居住，她容貌娇美，正当芳年十五六。她丈夫骑一匹青白相间的骏马，鞍辔上镶嵌着珠宝和美玉，侍女端来黄金的盘子，送上烹制精细的鲤鱼。宅中那雕梁画栋的楼阁，一幢幢遥遥相望，红桃绿柳在屋檐下，排列成行。她出行时乘坐七种香木制成的车子，上面挂着丝织的帷幔，归来时仆人们举起华丽的羽扇，把她送回花团锦绣的幕帐。她丈夫正是少年得志，有钱有势轻浮狂放，他性情骄恣奢华铺张，远胜过晋朝的石季伦。他亲自教授心爱的姬妾练习舞蹈，毫不吝惜地将名贵的珊瑚送给人。他们彻夜寻欢作乐，直到曙光临窗才熄灭灯火，那片片灯花碎屑飞落在雕花的窗格。她成天嬉戏玩耍，懒得去练习歌曲；打扮得整整齐齐，也只是坐等薰香把时光消磨。结交的都是城中的豪门大户，往来的也尽是贵戚之家。有谁去怜惜啊，那容颜如花似玉的越地女子，出身贫苦微贱，只能在江边浣洗棉纱。

## 【赏析】

本诗是作者早期讽喻诗。洛阳女儿只因嫁给贵族公子，便成贵妇，真正"颜如玉"的美女却无人怜惜，只能自己在江边浣纱，过着贫贱凄苦的生活。贫女和贵妇象征着贤才和庸才，此诗深沉的感慨反映了诗人对当时社会上平庸居上位，英俊沉下僚的现实的不满，弦外之音铮然。

# 老将行

少年十五二十时，步行夺得胡马骑。

射杀山中白额虎，肯数邺下黄须儿！

一身转战三千里，一剑曾当百万师。

汉兵奋迅如霹雳，虏骑奔腾畏蒺藜①。

卫青不败由天幸，李广无功缘数奇。

自从弃置②便衰朽，世事蹉跎成白首。

昔时飞箭无全目，今日垂杨生左肘。

路傍时卖故侯瓜，门前学种先生柳。

苍茫古木连穷巷，寥落寒山对虚牖③。

誓令疏勒出飞泉，不似颍川空使酒。

贺兰山下阵如云，羽檄交驰日夕闻④。

节使三河募年少，诏书五道出将军。

试拂铁衣如雪色，聊持宝剑动星文⑤。

愿得燕弓射大将，耻令越甲鸣吾君。

莫嫌旧日云中守，犹堪一战立功勋。

【注释】

①虏骑：对敌骑的蔑称。蒺藜：植物名，其果皮有尖刺。此处指一种武器。铁制，四根尖刺，落地始终有一刺朝上，用于阻止敌军前进。

②弃置：抛在一边。指不为所用。蹉跎：虚度年华。

③穷巷：深僻的巷子。虚牖：空寂的窗。

④贺兰山：山名，在今宁夏中部，古战场。羽檄：紧急军书，上插鸟羽，以示加速递送。

⑤星文：指剑上的星形装饰花纹。

【译诗】

十五岁到二十岁啊是多么好的少年时光，我虽然徒步行走，也能夺取胡兵的战马。山中有最凶猛的白额虎，曾被我弯弓射死，那邺下最刚勇的黄须小儿，岂敢在我面前自夸！我曾孤身一人，辗转征战三千里，凭手中一柄剑，抵挡敌寇百万兵。我率领汉家子弟兵出击，奋勇迅疾如霹雳；敌军有骑兵慌忙奔窜，害怕我布下了的铁蒺藜。卫青数次出征不败，实在是老天的照应；李广未能建立功名，真是命运不济。自从被抛弃不用，便日见苍老衰朽，无所事事虚度岁月，很快就成了白头。从前能一箭射中飞鸟的眼睛，如今左臂像长了瘤又僵又硬。只好像东陵侯那样，种了瓜到路旁叫卖；又像渊明先生那样，门前栽柳，把姓名隐埋。居住在深巷里，被苍茫的古树掩映；冷寂的门窗啊，面对寥落的清寒群山。但是我雄心不减，发誓要像耿恭戍守疏勒，让枯井涌出清泉，绝不学那颖川的灌夫，枉自借酒使性乱语胡言。如今那贺兰山下，军阵如天上的云涛；紧急军书来去飞驰，从早到晚都在送报。天子派使臣到三河地区，去招募青年从军；将军们领受诏令，分兵五路向西行。我也准备应征，先把铠甲擦得雪亮洁净，又舞动尘封的宝剑，七星花纹闪动光明。但愿得到燕北的强弓，去射杀敌军将领，让敌情惊动天子，实在是大丈夫的耻辱！请不要嫌弃我，就像往日的云中太守，还足以奋勇一战，为国家建立功勋！

**【赏析】**

　　本诗描写了一个老将的英雄形象，赞扬他始终以国事为重，被弃置后虽到老年仍然渴望为国献身的高尚情操；同时谴责当时的统治者对有功将士的刻薄寡恩，赏罚不公。本诗描写老将军的形象生动感人，作者以李广为本，从老将少年有为写起，直写到被弃置的凄苦的晚年，概括地描写了一生，字里行间始终倾注了作者的深情，感人至深。

# 桃源行

渔舟逐水爱山春，两岸桃花夹古津①。

坐看红树不知远，行尽青溪忽值人。

山口潜行始隈隩，山开旷望旋平陆②。

遥看一处攒云树③，近入千家散花竹。

樵客初传汉姓名，居人未改秦衣服。

居人共住武陵源，还从物外起田园④。

月明松下房栊静，日出云中鸡犬喧⑤。

惊闻俗客争来集，竞引还家问都邑。

平明闾巷扫花开，薄暮渔樵乘水入。

初因避地去人间，更问神仙遂不还。

峡里谁知有人事，世中遥望空云山。

不疑灵境难闻见，尘心未尽思乡县。

出洞无论隔山水，辞家终拟长游衍。

自谓经过旧不迷，安知峰壑今来变！

当时只记入山深，青溪几度到云林。

春来遍是桃花水，不辨仙源何处寻！

**【注释】**

①逐水：言沿水而行。古津：古渡口。

②隈隩：曲折幽深的山坳溪岸。旷望：指视野开阔。旋：随即。

③攒云树：树木丛集，掩映在云中。

④武陵源：即桃花源。陶渊明《桃花源记》所拟设的理想世界。

⑤房栊：房屋的窗户。栊，窗户。喧：大声。这里指鸡犬鸣叫。

**【译诗】**

因为喜爱这春天的山色，渔人荡轻舟溯流而上，两岸开遍了灼灼的桃花，古渡口掩映在一片春光。坐在船上贪看红花满树，不知不觉划出好远好远，一直到这清溪的尽头，才发现已经不见人烟。他小心地迈步，穿过幽深弯曲的峡谷，山势开阔处放眼望去，竟现出一片旷野平陆。远方是高大的树木，缭绕着浮云轻雾；近处是千百人家，散落在繁花翠竹。渔人历数了自汉以来的朝代姓名；这里的居民，却还穿着秦代的衣服。他们一同住在这武陵源，在人世之外建起了田畴家园。夜晚，明月在松间映照，庭户清幽宁静；清晨，红日升上云天，鸡犬争相喧鸣。惊喜地听说来了世俗的客人，居民们争先恐后聚拢在一起，都要邀渔人去到家里，向他打听各自的故乡都邑。黎明时清扫街巷的落花，家家都门户大开，黄昏时渔樵劳作的人们，悠悠然乘船回来。当初他们为躲避战乱，一起离开了人间，到这里成了神仙，再也不想回转故园。有谁知道，这山谷里还有这些人和事；世上的人，只看见这片云遮雾罩的远山。并不是不知道这仙境多么难以亲身体验，实在是尘世之心未尽，还思念自己的家园。渔人走出洞中仙界，又想不论怎样远隔山水，也要离开家门，再来这里漫游，流连不归。自认为经过的地方，重访不会迷路，哪知道今天又来，这山峰峡谷已经改变。当初只记得进山走了很远很远，沿着清溪不要多久，就能去到那云中山林。如今遍地溪流，都已涨满了桃花春水，再不知那仙境桃源，到哪里去找寻。

## 【赏析】

此诗是王维十九岁时所作。自从晋宋之交的陶渊明的《桃花源记》一出，桃花源便成了人人追求与向往的和平安宁的乐土。此诗正是衍化桃源故事而来的。王维的"桃源"，充溢着一种十分静谧的气息；十九岁的诗人即向往这种世外桃源，可以证明王维的隐逸之志是由来已久的；此诗中的静谧气息也是与王维晚年诗歌的意境类似的。全诗语言婉转流利，显示出少年王维杰出的才华。也体现了王维"诗中有画，画中有诗"的诗歌特征。

# 李　白

## 蜀道难①

噫吁嚱！危乎高哉！蜀道之难，难于上青天。蚕丛及鱼凫②，开国何茫然！尔来四万八千岁，不与秦塞通人烟。西当太白有鸟道，可以横绝峨嵋巅。地崩山摧壮士死，然后天梯石栈相钩连。上有六龙回日之高标，下有冲波逆折之回川。黄鹤之飞尚不得过，猿猱欲度愁攀援。青泥何盘盘！百步九折萦岩峦。扪参历井仰胁息，以手抚膺坐长叹。问君西游何时还，畏途巉岩不可攀。但见悲鸟号古木，雄飞雌从绕林间。又闻子规啼夜月，愁空山。蜀道之难，难于上青天，使人听此凋朱颜。连峰去天不盈尺，枯松倒挂倚绝壁。飞湍瀑流争喧豗，砯崖转石万壑雷。其险也如此，嗟尔远道之人胡为乎来哉！剑阁峥嵘而崔嵬，一夫当关，万夫莫开。所守或匪亲，化为狼与豺。朝避猛虎，夕避长蛇。磨牙吮血，杀人如麻。锦城虽云乐③，不如早还家。蜀道之难，难于上青天，侧身西望长咨嗟④。

【注释】

①蜀道难：乐府《相和歌·瑟调曲》名，多写登蜀道的艰难。

②蚕丛、鱼凫：传说中古蜀国的两个国王。

③锦城：即锦官城，成都的别称。

④咨嗟：叹息声。

【译诗】

啊！何其高峻，何其峭险！蜀道之艰难，难于上青天！蚕丛与鱼凫，古蜀国先王。开国的事迹久远渺茫茫。岁月漫漫又过去四万八千年，蜀道还未与秦地通人烟。唯有小鸟展翅飞，能从大白抵峨嵋。山崩地裂，压死迎亲的五壮士，方才修成栈道，与陡峭的山路相接。上有入云的高峰，驾龙的日神也被挡回，下有湍急的河川，冲波倒流漩涡转。翱翔高飞的黄鹤尚不能越渡，攀援敏捷的猿猱更一筹莫展。纡曲盘桓的青泥河，走一百步就有九道弯。伸手可触星辰，快快屏住呼吸，坐下抚胸长叹息。请问你，西方游历何时归？险道峭岩怎么能攀登！只看见，古树枝头鸟哀号，雄雌相随林间绕。又

听见，月夜里杜鹃声声啼，悲声回荡空山响，愁难消。
蜀道之艰难，难于上青天，听此话，顿时憔悴变容颜！
绵延的山峰离天不到一尺远，倒挂的枯松斜倚绝壁悬崖
边。瀑布飞泻激流涌，争相喧嚣，冲山崖、转巨石，万

山如同雷鸣响。蜀道这般艰险，叹你远方人为何来此地？剑阁关，高峻又险恶，一人把关，万人攻不破。守关人若信不过，即会变豺狼，酿成大灾祸。早上躲猛虎，晚间避长蛇。虎蛇磨牙吸人血，杀人好比斩乱麻。锦城中虽说能享乐，不如早回家。蜀道之艰难，艰于上青天！回身向西望，禁不住怅惘长叹。

## 【赏析】

在这首诗中，李白演绎了乐府旧题《蜀道难》的传统内容。作者依据自己在蜀地生活多年的实际经验，驰骋想象，采用历史传说和神话故事，运用高度的夸张，以雄健纵逸的笔调，生动形象的语言，抑扬顿挫的韵律，描绘出一幅惊险绮丽的蜀地山川图，意境开阔，成为我国文学史上积极浪漫主义的杰出的名篇。唐人殷璠在其所辑《河岳英灵集》中惊叹此诗"奇之又奇"，说"自骚人以还，鲜有此体调也"。又，孟棨《本事诗·高逸》载：李白初至长安，贺知章往访，见此诗，"称叹者数四，号为谪仙"。全诗反复咏叹"蜀道之难，难于上青天"，以此作为诗歌的主旋律，突出蜀道的雄伟险峻。诗歌的句式参差错落，韵散兼用，极富变化，表现了李白在诗歌上不受格律平仄约束的特有艺术风格。

# 长相思（二首）

## 其 一

长相思，在长安。

络纬秋啼金井阑，微霜凄凄簟色寒。

孤灯不明思欲绝，卷帷望月空长叹<sup>①</sup>。

美人如花隔云端，上有青冥之长天，

下有绿水之波澜<sup>②</sup>。

天长地远魂飞苦，梦魂不到关山难<sup>③</sup>。

长相思，摧心肝<sup>④</sup>。

【注释】

①帷：指窗帘，门帘。

②青冥：形容天的高远，或代指天。绿水：清澈的水。

③关山难：道路险阻。

④摧：伤

【译诗】

我久久思念的美人，在那遥远的长安城。秋夜里，纺织娘井边声声啼，霜风凄凄凉透竹席。孤灯昏暗，思情绵绵愁肠断。卷起窗帘望明月，独自空长叹。美人娇艳如花，却远隔在云端。上有苍莽青天渺幽幽，下有碧绿流水波澜涌。天长地远，梦里魂魄苦寻求，怨只怨，梦魂难以度关山。悠悠相思久远长，摧伤我心肝痛断肠。

# 其　二

日色欲尽花含烟，月明欲素愁不眠①。

赵瑟初停凤凰柱，蜀琴欲奏鸳鸯弦。

此曲有意无人传，愿随春风寄燕然。

忆君迢迢隔青天，昔时横波目，

今作流泪泉②。

不信妾肠断，归来看取明镜前③。

**【注释】**

①素：指折的绢

②横波：眼波流盼。

③取：语助词。

**【译诗】**

暮色里，轻烟袅袅绕花树，明月皎皎白如绢，我愁情满怀难成眠。才停下凤凰瑟，又拨响鸳鸯弦。乐曲缠绵情意深，可恨无人替我传。但愿乐曲随春风，为我带到燕然山。思念你啊，远在天边的郎君。从前如秋水的眼波，今已变成流淌的泪泉，若不信我柔肠断，归来请到明镜前，看看我憔悴的容颜。

**【赏析】**

　　乐府《杂曲歌辞》有"上言长相思，下言久别离"。这两首诗同咏相思之苦，虽非同时之作，但编选者还是把它们排在一起。第一首写男思女，第二首写女思男，写法各有特色。第一首的特点是景物描写多，主要通过景物描写烘托感情。如描写秋虫啼号，秋霜清寒，孤灯不明，长天冥冥，绿水滔滔，这些景物描写渲染了凄清的气氛，突出了相思之苦。第二首虽也有情景结合的描写，但更多的是直接描写思妇的形象，如写思妇弹琴鼓瑟，借曲传情，望眼欲穿，流泪断肠，直抒胸臆，把缠绵悱恻的情思表现得淋漓尽致。

## 行路难①

金樽清酒斗十千，玉盘珍羞直万钱。

停杯投箸不能食，拔剑四顾心茫然。

欲渡黄河冰塞川，将登太行雪满山。

闲来垂钓碧溪上，忽复乘舟梦日边<sup>②</sup>。

行路难！行路难！多歧路，今安在？

长风破浪会有时，直挂云帆济沧海。

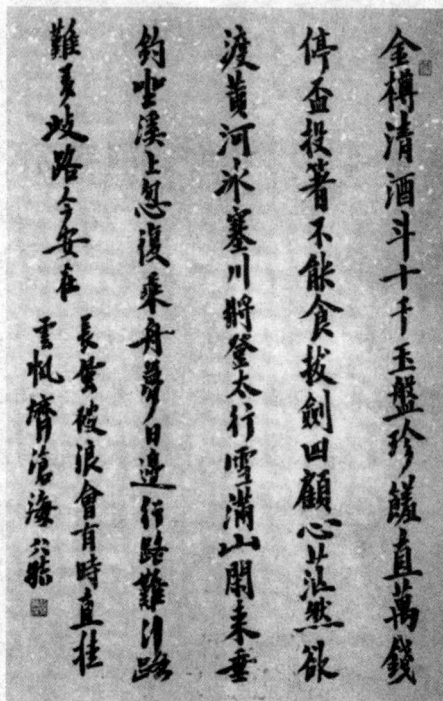

**【注释】**

①行路难：乐府旧题，内容多写世路的艰难和离别的痛苦。

②垂钓碧溪：《史记》载，吕尚年老垂钓于渭水，遇文王而受重用。梦日：据说伊尹在受商汤聘用以前，曾梦见自己乘船经过日月旁边。这里用吕、伊的典故，

意在说明人生遭遇变化莫测。

**【译诗】**

　　金杯盛着昂贵的美酒，玉盘装满价值万钱的佳肴。我停杯扔筷不想饮，拔出宝剑四下望，心里一片茫然。想渡黄河，冰冻封河川；想登太行，积雪堆满山。当年吕尚闲居，曾在溪边垂钓。伊尹受聘前，梦里乘舟路过太阳边。行路难啊，行路难！岔路何其多，我的路，今日在何处？总会有一天，我要乘长风，破巨浪，高挂云帆渡沧海，酬壮志。

**【赏析】**

　　《行路难》本乐府旧题。

　　南朝宋诗人鲍照曾沿用此题写出"对案不能食，拔剑击柱长叹息"的感慨。李白此诗，明显地受到鲍诗的影响，而又形成了自己的风格。诗首先通过对珍馐美酒，食不下咽，拔剑而起，四顾茫然的动作刻画，突出表现李白内心的苦闷，接着通过黄河冰塞，太行雪满的图景表现世路的坎坷艰难，最后仍抱着幻想，相信总有一天会实现理想施展抱负，虽然苦闷但不失去信心，情调浪漫。诗的忧愤倏忽而来，倏忽而去，诗语的转折因此变幻莫测。较之鲍照之作，有更强的感染力。

# 将进酒①

君不见，黄河之水天上来，

奔流到海不复回！

君不见，高堂明镜悲白发，

朝如青丝暮成雪！

人生得意须尽欢，莫使金樽空对月。

天生我材必有用，千金散尽还复来。

烹羊宰牛且为乐，会须一饮三百杯。

岑夫子，丹丘生②，将进酒，杯莫停。

与君歌一曲，请君为我倾耳听。

钟鼓馔玉不足贵，但愿长醉不愿醒。

古来圣贤皆寂寞，惟有饮者留其名。

陈王昔时宴平乐③，斗酒十千恣欢谑。

主人何为言少钱？径须沽取对君酌。

五花马，千金裘，

呼儿将出换美酒，与尔同销万古愁。

【注释】

①将进酒：乐府旧题，古辞多写饮酒放歌时的行为
与感情。

②岑夫子、丹丘生：二人皆是李白的好友。

③陈王：即曹植，他曾被封为陈思王。

## 【译诗】

你可看见，滔滔黄河水从天上流下来，奔腾向大海，一去不复回。你可看见，高堂明镜中，自己的苍苍白发，早上还黑如青丝，晚上已变成白雪，叫人怎能不悲切。人生得意时，尽情享欢乐，莫把酒杯空，枉然对明月。天造我成材，必定会有用，莫令惜，千金挥尽还会来。煮羊宰牛，快快活活，一气喝它三百杯，不嫌多。岑夫子、丹丘生，快喝酒，莫停杯。我为各位唱一曲，你们侧耳仔细听。钟乐美食，这样的富贵不稀罕，但愿长醉酒不醒。圣者仁人，自古寂然悄无声，惟有善饮者留美名。当年陈王平乐设酒宴，一斗美酒值万钱，他们开怀饮，纵情又尽兴。主人怎么说钱少，尽管买酒来，我俩相对饮。管它是名贵五花马，还是千金狐皮裘，叫儿拿出来，统统换美酒，与你一同饮，消解万世愁。

## 【赏析】

《将进酒》属古乐府《鼓吹曲·铙歌》旧题，内容多写宴饮放歌的情感。

这首诗作于李白离开长安以后。从诗的主要内容看似乎写的都是及时行乐，看透人生，只愿长醉不愿醒，相当消极。但透过表面现象深入理解李白的内心深处，就可看出李白绝不是真正消极颓废，而是胸怀伟大的抱负却不能施展内心的苦闷无法排遣，便借酒发泄，以此来排解心中的苦闷，表现了对权贵和世俗的蔑视。抒发了"天生我材必有用"的豪情。但与此同时作者也流露出人生易老及时行乐的消极情绪。

全诗气势奔放，语言豪迈，句法明快多变，充分反映了李白放纵不羁的性格与文风。

# 杜 甫

## 兵车行①

车辚辚，马萧萧，行人弓箭各在腰。

爷娘妻子走相送，尘埃不见咸阳桥。

牵衣顿足拦道哭，哭声直上干云霄。

道旁过者问行人，行人但云点行频②。

或从十五北防河，便至四十西营田。

去时里正与裹头，归来头白还戍边。

边庭流血成海水，武皇开边意未已③。

君不闻汉家山东二百州，千村万落生荆杞。

纵有健妇把锄犁，禾生陇亩无东西。

况复秦兵耐苦战，被驱不异犬与鸡。

长者虽有问，役夫敢伸恨④。

且如今年冬，未休关西卒。

县官急索租，租税从何出。

信知生男恶，反是生女好。

生女犹得嫁比邻，生男埋没随百草。

君不见，青海头，古来白骨无人收。

新鬼烦冤旧鬼哭，天阴雨湿声啾啾。

**【注释】**

①行：古乐府歌曲的一种体裁。《兵车行》是杜甫自创的新题。

②点行：按名册征发。当时征兵用语。

③武皇：汉武帝刘彻。这里借以代指唐玄宗。

④敢伸恨：反诘语气。表现士卒敢怒不敢言的情态。

**【译诗】**

车轮滚滚响辚辚，战马嘶叫声萧萧，出征的青年弓箭挂在腰。爷娘妻儿来相送，灰尘弥漫看不见咸阳桥。

可怜老老小小堵满道，牵衣跺脚泪涟涟，哭声震天冲云霄。路旁行人问征夫，只答征兵太频繁。有人十五岁就到北方去驻防，四十还未回家转，又赴河西去营田。走时还年少，里长替他缠头巾；白了头发才回还，接着又要去戍边。战士血洒边疆流成海，武皇开疆心愿仍未改。你难道没听说，华山东边二百州，千村万寨野草丛生田荒芜。纵有健壮妇人来耕种，田里庄稼东倒西歪不成行。即使关中兵能吃苦耐鏖战，被人驱遣与鸡狗无两样。老人家，你虽向我问，征夫哪敢诉苦吐怨恨？就说今年冬天事，征调关西兵不停止。县官急催租，租税从哪里出？都相信生儿不是好事情，不如生女有福气。生女还能嫁近邻，生儿白送死，埋没荒郊野草里。你可曾听见，青海湖边古来尸骨无人捡。新鬼含冤旧鬼哭，阴天冷雨一片哭声啾啾。

**【赏析】**

这是杜甫"即事名篇"。天宝十年，鲜于仲通攻南诏，高仙芝击大食，安禄山进军契丹，唐军不堪一击，为了补充兵员，百姓负担着极大的兵役痛苦，杨国忠甚至遣御史分道捕人，连枷送军行。于是出现诗中役夫愁怨，父母妻子相送，哭声震野的一幕。全诗揭示唐统治者穷兵黩武造成的巨大灾难，前半篇描摹送别惨状为纪事，后半篇传述役夫述苦之词为记言。"生女犹得嫁比邻，生男埋没随百草"，全诗激昂悲越，感人肺腑。全诗章法严整，音调和谐，深得后人激赏。

# 丽人行

三月三日天气新，长安水边多丽人。

态浓意远淑且真，肌理细腻骨肉匀。

绣罗衣裳照暮春，蹙金孔雀银麒麟①。

头上何所有，翠微匎叶垂鬓唇。

背后何所见，珠压腰衱稳称身。

就中云幕椒房亲②，赐名大国虢与秦③。

紫驼之峰出翠釜，水精之盘行素鳞。

犀箸厌饫久未下，鸾刀缕切空纷纶。

　　黄门飞鞚不动尘，御厨络绎送八珍。

　　箫鼓哀吟感鬼神，宾从杂遝实要津④。

　　后来鞍马何逡巡，当轩下马入锦茵。

　　杨花雪落覆白蘋，青鸟飞去衔红巾。

　　炙手可热势绝伦，慎莫近前丞相嗔。

## 【注释】

　　①靥：嵌镶。

　　②椒房亲：指皇后亲属。

　　③虢与秦：杨贵妃有姊三人，长封韩国夫人，次封虢国夫人，三姊封秦国夫人。

　　④杂遝：众多杂乱。要津：喻指国忠兄妹的家门。

## 【译诗】

　　三月三，春光明媚天气晴，曲江水畔丽人多，结伴去踏青。瞧她们，姿态美艳意高雅，端庄又娴静。肌肤白皙且细腻，身材亭亭玉立。绫罗绣衣上，金线孔雀银麒麟，暮春烟景中，光彩熠熠更鲜亮。头上何饰物？翡翠头花垂鬓角。背后什么样？镶珠后襟正合体。丽人中，后妃的亲眷最显耀，虢国泰国两夫人，天子赐封号。翠玉锅煮紫色驼峰肉，水晶盘盛雪白鲜美鱼。纤纤手举象牙筷，久久不动盘中菜。山珍海味早厌腻，御厨细切精制枉空忙。太监骑飞马，轻车熟路稳又快，不把灰尘扬。皇家厨房制八珍。络绎不绝送进来。萧声和鼓乐，缠绵又美妙，令鬼伤感神动摇。宾客随从车马多，要道阻塞路不通。最后骑马来者，大模大样，趾高气扬。直到堂前才下马，脚踏锦毯入厅堂。扬花纷纷如飞雪，落入水中盖浮萍。青鸟衔红巾，匆匆来去忙，暗替情人传消息。他权大势又威，气焰炙手灼人，无人能相比。切莫走近大丞相，当心惹他发脾气。

## 【赏析】

本诗约作于唐玄宗天宝十二年（753）或十三年春天，当时杨家正备受唐玄宗恩宠，诗中通过描写杨氏兄妹曲江春游的情景，揭露了统治者荒淫腐朽和权贵们炙手可热、作威作福的丑态，从侧面反映了安史之乱前夕的社会现实。诗分三段，先叙曲江游女佳丽，极写杨氏姐妹之姿色；次写宴饮肴馔珍美却无下箸之处，尽描杨家骄奢之状；末点杨国忠权势炙手可热。全诗场面铺排宏大，着色鲜艳富丽，笔调细腻生动同时又含蓄不露，诗中无一断语处，却能使人品出言外之意。清浦起龙《读杜心解》有评：无一刺讥语，描摹处语语刺讥；无一慨叹声，点逗处声声慨叹。

## 哀江头

少陵野老吞声哭①，春日潜行曲江曲。

江头宫殿锁千门，细柳新蒲为谁绿。

忆昔霓旌下南苑，苑中万物生颜色。

昭阳殿里第一人，同辇随君侍君侧②。

辇前才人带弓箭，白马嚼啮黄金勒。

翻身向天仰射云，一笑正坠双飞翼③。

明眸皓齿今何在，血污游魂归不得。

清渭东流剑阁深，去住彼此无消息④。

人生有情泪沾臆⑤，江水江花岂终极。

黄昏胡骑尘满城，欲往城南望城北。

**【注释】**

①少陵野老：诗人自称。

②昭阳殿：汉宫殿名，汉成帝宠幸赵飞燕，使居昭阳殿。此喻杨贵妃。

③双飞翼：即双飞鸟。此句写杨贵妃见才人射中飞鸟而为之一笑。

④清渭：渭水，杨贵妃被赐死马嵬坡，南靠渭水。

⑤臆：胸膛。

**【译诗】**

春日里，独自悄悄到曲江湾，少陵野老我无声哭，泣涕泪涟涟。江头的宫殿万户千门紧闭锁。细柳条，嫩蒲草，为谁换绿装？想当年，天子驾临芙蓉苑。五色旌旗迎风展，苑中万物添光彩。昭阳殿受宠的第一人，与君同车，陪侍不离身。车前女官佩弓箭，白马衔着金马勒。女官翻身，向云天射一箭，双飞鸟落地，妃子笑开颜。明眸皓齿的杨贵妃，如今在哪里？血污的游魂不能回人间。清清的渭水向东流，幽深的剑阁在西头，阴阳两界，互不通消息。叹人生，动情泪沾衣。江水日日流，江花岁岁开，生生不已，哪会有终极？日暮黄昏时，胡骑进城乱纷纷，马嘶人闹，尘土飞扬。我心思恍忽，要往城南，却走到城北方。

## 【赏析】

本诗作于至德二年（757）春天，是杜甫被叛军俘捉押回长安后所作。经过安史之乱，长安萧条冷落，杜甫潜行于曲江偏僻之处，触景生情，回忆过去曲江盛况，回忆杨贵妃和唐玄宗常游幸曲江，而如今宫殿萧条，春色依旧，触物伤情。盛衰无凭，作者感慨"人生有情泪沾臆，江水江花岂终极"，哀悼李杨悲剧，在同一主题诗中，《哀江头》可与白居易的《长恨歌》相轩轾。

# 哀王孙

长安城头头白乌，夜飞延秋门上呼①。

又向人家啄大屋，屋底达官走避胡。

金鞭断折九马死，骨肉不待同驰驱。

腰下宝玦青珊瑚，可怜王孙泣路隅②。

问之不肯道姓名，但道困苦乞为奴。

已经百日窜荆棘，身上无有完肌肤。

高帝子孙尽隆准，龙种自与常人殊。

豺狼在邑龙在野，王孙善保千金躯。

不敢长语临交衢，且为王孙立斯须。

昨夜东风吹血腥，东来橐驼满旧都。

朔方健儿好身手，昔何勇锐今何愚？

窃闻天子已传位，圣德北服南单于。

花门剺面请雪耻，慎勿出口他人狙！

哀哉王孙慎勿疏，五陵佳气无时无③。

【注释】

①头白乌：白头乌鸦。延秋门：唐宫苑西门，出此门，有便桥渡渭水。

②宝玦：玉佩。环形而有缺口的玉杯。青珊瑚：一

种供装饰用的宝石。路隅：路边。

③佳气：兴旺之气。无时无：时时存在。

## 【译诗】

　　长安城头落下白头鸦，夜飞延秋门，哀号叫呱呱。忽又飞向高楼顶，楼里达官已走空，纷纷往外逃，躲避胡叛军。折断多少金鞭，累死多少骏马，为了逃命赶路程，骨肉等不及同逃命。腰系玉块青珊瑚，可怜王孙在路旁哭。问他是何人？不肯讲真姓名，只说家境贫困，愿替人当奴。荆棘丛中藏匿，逃窜百余日，身上被挂破，没有一块好肌肤。高帝子孙，个个高鼻梁，龙种尊贵，自然与常人不一样。豺狼高居在都城，蛟龙反在野岭中，请王孙保重贵体，来日方长，不敢在大路上，长久大声叙谈。与你一同站片刻，讲讲悄悄话，昨夜起东风，吹来血腥气，东来的骆驼堵塞旧都城。北方健儿武艺高，为何从前勇猛，今天这般痴愚。听说天子已传位，圣德降服南单于。回纥人割面把誓宣，请求报仇以雪耻。小心莫对他人言，恐漏消息遭敌袭。可怜的王孙你莫疏忽，五陵无论何时，都有佳气出。

## 【赏析】

　　天宝十五年（756），潼关失守，玄宗同少数亲贵出延秋门西去，长安大乱。安禄山部将孙孝哲占领长安后，大肆搜捕百官，杀戮宗室。王孙们隐匿逃窜，十分狼狈凄惨。杜甫这首《哀王孙》，就是咏此事的。首段回忆安史乱起，唐玄宗仓猝逃往成都的情景；次段记叙王孙亲贵避乱匿身，颠沛流离之状；末段点出国家乱极将治。诗以祸乱征兆起，以中兴气象结，伤乱思治之情，起伏跳荡，其情真，其意切，令人感动。明王嗣奭《杜臆》评这首诗：通篇哀痛顾惜，潦倒淋漓，似乱似整，断而复续，无一懈语，无一死字，真下笔有神。

## 五言律诗

律诗是按照一定格律写成的。八句成篇，每句五字的叫五言律诗。它是发挥祖国语言文字一字多义、一字多音的特点而形成的一种新诗体。其主要特点是：一、音分平仄，韵律严密。每句必须平仄相间，同联必须平仄相对，联与联间必须平仄相粘；二、结构固定，对仗工整，一般除首尾二联（四句）外，中间二联（四句）必须对仗；三、一般以仄声起句为正格，以平声起句为偏格；用平声韵，隔句用韵，一韵到底。

唐代五言律诗总结了齐、梁时期在声律说影响下的创作经验，经过初唐作家的净化处理，基本上有了固定的形式。盛唐以后，春花烂漫，美不胜收，蔚为大观。

# 李隆基

李隆基（685～762），唐睿宗子，以诛韦后有功，代睿宗即帝位，庙号玄宗。开元间先后任用贤才姚崇、宋璟、韩休、张九龄等为相，励精图治，形成了历史上著名的"开元之治"。后内宠贵妃杨玉环，外宠边将安禄山，任用奸邪李林甫、杨国忠为相，政治腐败，酿成了历史上著名的"安史之乱"，自己奔逃成都，其子肃宗李亨继位，收复长安，始还京退居宫中，病卒，在位四十四年。

李隆基能诗通音律，崇尚经术，屏弃浮华，改革学风，诗作大都雄健有力，对盛唐质朴文风的形成起了一定作用。《全唐诗》录存其诗一卷。

## 经鲁祭孔子而叹之

夫子何为者？栖栖①一代中。

地犹鄹氏邑，宅即鲁王宫。

叹凤嗟身否②，伤麟怨道穷。

今看两楹奠，当与梦时同③。

## 【注释】

①栖栖：忙碌不安的意思。

②《论语·子罕》："子曰：'凤鸟不至，河不出图，吾已矣夫！'"凤是瑞鸟，古人认为凤至则圣君出。孔子叹凤不至，是说自己生不逢时。

③《礼记·檀弓》载，孔子夜梦自己殡在堂中两柱之间受奠，醒后说，如今天下没有明主，没人信奉我的学说，我大概快死了。卧病七日而亡。

## 【译诗】

尊敬的孔夫子，你究竟要做成什么？一生奔走，劳碌不停息。你的住宅，曾被毁坏，改建为鲁王宫。凤鸟不至，你叹息，命运不好。麒麟被伤，你哀怨，道难实现。且看今日，你端坐堂前两楹间，被人祭奠。想必是你生前梦寐，正同此境。

## 【赏析】

开元十三年（725）十一月，唐玄宗封禅于泰山，顺道曲阜祭孔，作下此诗。当时正值开元盛世玄宗崇尚经术，诗中连用数典，概括了孔子一生心怀壮志却始终不得志，表现了对孔子的尊崇。当时玄宗注重改革之风，恶华好实，这也体现在这首诗中，全诗语句精练，语言朴实，为帝王文章中佳作。

# 王 勃

　　王　勃（650～676），字子安，绛州龙门（今山西河津县）人，唐代早期的青年诗人。14岁应举及第，授朝散郎，曾任沛王府修撰和虢州参军等职，后因获罪革职。王勃与杨炯、卢照邻、骆宾王齐名，称为"初唐四杰"。他们的一些作品对齐、梁以来无病呻吟、雕章琢句的诗风有所突破，题材也有所扩大，对五言律诗的形成起了推动作用。在"四杰"中，王勃成就较高，著有《王子安集》。

## 送杜少府之任蜀州

城阙辅三秦，风烟望五津。
与君离别意，同是宦游人①。
海内存知己，天涯若比邻②。

无为在歧路，儿女共沾巾！

**【注释】**

①宦游人：指远离家乡、外出作官的人。

②曹植《赠白马王彪》："丈夫志四海，万里犹比邻。"比邻，近邻。此化用其意。

**【译诗】**

三秦环绕长安都。风烟迷茫中，我眺望，你将远去的五渡口。我俩同是离乡宦游人，别时更觉志同情意深。倘若是四海之内有知己，那怕远在天边，心心相印，犹如在近邻。莫学区区儿女情，离别之时泪沾巾。

**【赏析】**

这首诗，形象地表达了诗人亲切而真挚的感情和乐观向上的精神；诗一开头就用气势磅礴的语言，写出了送别的地点：三秦护卫着长安京城；行人的目的地：烟云迷茫的蜀川五津。虽然是送别，但又不直写送别，而是写站在繁华的京城，举目远望，风尘茫茫，面对此情此景，能不难舍难分吗！真是寄情于景，意境感人。三、四句是直接抒情；我与你今日离别，是难舍难分的，只因我们都是宦游人。离别是常有的事，因而不必悲伤。这不仅是对朋友的安慰，也表现出诗人宽广的胸怀。四、五句是今古传诵的佳句："海内存知已，天涯若比邻"。诗人用了"天涯"极远，"比邻"很近这两个词，写出了不受地域限制的真挚情谊，使人在精神上得到一种鼓舞力量。最后两句直接点明，离别时不要那种儿女之情，哭哭啼啼，要志在四方。以明快、朴实的语言，表现出高昂、豪迈的情怀。

# 咏 风

肃肃凉风生①，加我林壑清②。

驱烟寻涧户，卷雾出山楹③。

去来固无迹，动息如有情。

日落山水静，为君起松声。

**【注释】**

①肃肃：疾速。

②壑（hè）：山沟。

③楹：木柱。

**【译诗】**

凉风疾速地吹过，使林壑清爽起来。烟云散现出房屋，卷走山林中云雾。风来风去无踪影，风起风消却有情。日落西山水静时，为君吹起松涛声。

## 【赏析】

这是一首以网喻人，托物言志的诗。诗的前两句写风的疾速，仿佛是急人所需似的，很快吹散了炎热，使林壑清凉起来。三、四句，写风的行动"驱烟、卷雾"，给人送来清爽。风本是自然现象，但诗人以拟人化手法，把风的行动写成了有意识活动。五、六句，进一步表现风的有意活动，风来风去本来没踪迹，但风起风消却有感情。末尾两句，进一步用艺术化的手法，写风的有意活动，它不仅能驱烟、卷雾，给人送爽，而且吹动松涛，奏起乐章。写到此，风的形象便栩栩如生了。

诗人以风喻人。诗中赞美风的不择贵贱高下和为人间送爽的勤奋精神，借以咏唱自己的"青云之志"。这可谓是此诗的"余味"所在。

# 骆宾王

骆宾王（640～684），婺州义乌（今浙江）人。曾为道王（李元庆）府属，唐高宗李治末年，曾任长安主簿，迁侍御史，后因故下狱，获释后任临海（今浙江省）丞。唐中宗李显嗣圣元年（684），徐敬业在扬州起兵讨伐武后（武则天），骆宾王为徐写了檄文。武则天见后对她的宰相说："宰相怎么遗漏了这样的人才！"终以兵败亡命，不知所终。

骆宾王与王勃、卢照邻、杨炯齐名，为初唐四杰之一。他的五言律诗和七言歌行颇具特色，如《在狱咏蝉》、《帝京篇》都是脍炙人口的名作。唐中宗曾下诏收集他的诗文，令郄云卿编为《骆宾王文集》。《全唐诗》录存其诗三卷。


# 在狱咏蝉（并序）


余系所禁垣西①，是法曹厅事也，有古槐数株焉。虽生意可知，同殷仲文之古树；而听讼斯在②，即周召伯之甘棠。每至夕照低阴，秋蝉疏引，发声幽息，有切尝闻。岂人心异于曩时，将虫响悲乎前听？嗟乎！声以动容，德以象贤，故洁其身也，禀君子达人之高行；蜕其皮也，有仙都羽化之灵姿。候时而来，顺阴阳之数；应节为变，审藏用之机。有目斯开，不以道昏而昧其视；有翼自薄，不以俗厚而易其贞。吟乔树之微风，韵资天纵；饮高秋之坠露，清畏人知。仆失路艰虞，遭时徽缠，不哀伤而自怨，未摇落而先衰。闻蟪蛄之流声，悟平反之已奏。见螳螂之抱影，怯危机之未安。感而缀诗，赠诸知己。庶情沿物应③，哀弱羽之飘零；道寄人知，悯余声之寂寞，非谓文墨，取代幽忧云耳。

西陆蝉声唱，南冠客思深。

不堪玄鬓影④，来对白头吟！

露重飞难进，风多响易沉。

无人信高洁，谁为表予心！

## 【注释】

①系所：牢房。禁垣：围墙。

②听讼斯在：审案在此。

③庶情沿物应：希望人们的同情心因这首诗而产生。

④玄鬓影：指蝉。崔豹《古今注》载，魏文帝的宫女莫琼树，把鬓发梳成蝉翼的样式。

## 【译诗】

秋天里，寒蝉声声悲鸣。被囚人，我思乡愁情深。哪堪忍，蝉对我白发人哀吟。霜露重，蝉难举翅高飞。大风起，蝉鸣声易被掩没。无人相信蝉高洁，谁能为我表冰心。

【赏析】

这首触物起情、借物寓志的诗篇，名为咏蝉，实为自表心迹。诗人抒写了被诬下狱，无人相信自己的高洁而为之辩白的忧愤。

全诗情致凄婉，真切感人，为咏物诗名篇。

# 杜审言

杜审言（645～708），字必简，祖籍襄阳（在今湖北省），迁居巩县（在今河南省）。唐高宗咸亨元年（670）进士，曾任隰城尉、洛阳丞，后贬为吉州司户参军。武则天时授著作佐郎、膳部员外郎。

唐中宗神龙初被流放到峰州。不久又任国子监主簿、修文馆直学士后病死。

他是唐代"近体诗"奠基人之一。他的诗格律严谨，所作多为五言律诗。《全唐诗》录存他的诗一卷。

## 和晋陵陆丞早春游望①

独有宦游人，偏惊物候新②。

云霞出海曙，梅柳渡江春。

淑气催黄鸟，晴光转绿蘋③。

忽闻歌古调，归思欲沾巾。

**【注释】**

①和：依照别人诗词的题材或体裁作诗词。

晋陵：今江苏常州市。丞：指县丞。

②偏：最，特别。物候：动植物随节气变化而变化的周期现象。

③蘋：一种水生草本植物。

**【译诗】**

只有那飘泊的宦游人，才会被时令节物触动惊心。

黎明时彩霞伴日，海上出，春光里梅树柳树绿江北。风和日暖，催黄莺啼鸣，阳光明媚，照亮绿草蘋。你唱古歌调，引起我，归思之心，泪沾巾。

【赏析】

晋陵陆县丞写了一首《早春游望》，杜审言写了这首和诗。

诗人用极为精练的笔墨，勾画出一幅早春图：清晨的绚烂阳光、梅条柳枝的绿意、春气感染下的黄莺、阳光照射下的浮萍，这些意象，组成了热闹中有安静的初春意象。全诗构思细密，对仗工整，语言色彩鲜明；声调优美，尤其是诗的第二联向来为人推崇。

# 沈佺期

沈佺期（656～714），字云卿，相州内黄（今河南内黄县）人，唐高宗上元二年进士，曾任通事舍人、给事中等官职。武则天时因媚附权贵张易之，唐中宗复位后，被流放驩州；后又历任起居郎、修文馆直学士、中书舍人等。

他的生活经历不但与宋之问相似，创作道路也相近似。他的作品大多数是不足取的，但在离开宫廷和流放以后，写出了少数较好的诗。《全唐诗》录存沈诗三卷。

# 杂 诗

闻道黄龙戍，频年不解兵。

可怜闺里月，长在汉家营①。

少妇今春意，良人昨夜情。

谁能将旗鼓，一为取龙城②？

【注释】

①汉家营：即唐军营房。唐人习惯以汉代唐。

②龙城：又称龙庭，古代匈奴祭天祀神的处所。这里借指敌方的都城。

【译诗】

听说黄龙城，战事频频无尽期。昔日家中共赏月，可怜今日隔千里，月亮久照汉家营。少妇我今怀相思意，恰如郎君别时情。谁能率兵挥大旗，一举克敌取龙城，征夫思妇永远不分离。

【赏析】

这是一首反战诗，是沈佺期的传世名作。诗通过写闺中怨情揭露了战争给人民生活带来的痛苦，表达了诗人对人民的关切和同情。这首诗的写法很别致，尤其是中间写闺中少妇和征人相互思念的两联。"可怜闺里月，长在汉家营"，是写每当月夜，两地亲人都相互怀念，遥遥千里，共看明月。"少妇今春意"、"良人昨夜情"，在战争年代，千千万万亲人分离，都是夜夜相思，春春伤怀，痛苦熬煎。末句突出表达了征夫和思妇希望结束战争，过上和平、宁静生活的心愿。全诗构思新颖精巧，风格含蓄隽永。

# 宋之问

宋之问（656～712），字延清，一字少连，汾州（今山西汾阳县）人，一说虢州（今河南灵宝县）人，高宗上元二年（675年）进士。他作宫廷侍臣时，谄事张易之，后被贬为泷州参军。不久，回洛阳，趋附武三思，又任鸿胪寺主簿。因知贡举受贿，贬越州长史。唐睿宗时流放钦州，玄宗先天中赐死。

在文学上，宋之问与沈佺期齐名，并称"沈宋"。他们的作品大多是粉饰现实、点缀升平的"应制"之作，但他们对于律诗形式最后的形成却起了一定的作用。《全唐诗》录存宋诗三卷。

# 题大庾岭北驿

阳月南飞雁，传闻至此回。

我行殊未已，何日复归来？

江静潮初落，林昏瘴①不开。

明朝望乡处，应见陇头梅②。

【注释】

①瘴：瘴气，旧时指南方山林间湿热蒸郁致人疾病的气。

②陇头梅：指大庾岭上的梅花。大庾岭又称海岭，气候温和，梅花早放。

【译诗】

十月鸿雁往南飞，飞到此地即转回。我却行程无尽头，何日才能归？大潮退去江月静，瘴气缭绕山林暗。明早登高望故乡，摘枝梅花送亲人。

【赏析】

这是诗人流放钦州途经大庾岭时所作。全诗通过描写途中所见景物，借景抒情，抒发了诗人仕途失意的凄苦心情和思念家乡的深厚情意。诗的前四句写诗人见雁南飞，触景生情，传说中雁南飞至大庾岭而北回，而自己却行程无尽头，不知何日能归。人雁相比，人不如雁，这一比兴手法的运用，深切表现了诗人忧伤，哀怨的复杂的内心感情。后四句写大庾岭黄昏的凄迷景色，江潮初落，水面平静，瘴气缭绕，一片迷蒙，写诗人希望踏上岭头时，再望一眼放乡，并相信可以见到陇头盛开的梅花。悲苦和乡思在此一露无遗。这首诗写景志物就地取材，自然大方，显得富有地方特色。

# 王 湾

王湾（生卒年不详），洛阳人。玄宗先天（712）时进士。开元初为荥阳主薄。时马怀素请校正群籍，分部撰录，王湾被选参预其事。他的诗在当时很负盛名，曾往来吴、楚间，与綦毋潜交谊甚深。后终洛阳尉。《全唐诗》录存其诗十首。

# 次北固山下<sup>①</sup>

客路青山下，行舟绿水前。

潮平两岸阔，风正一帆悬。

海日生残夜，江春入旧年。

乡书何处达，归雁<sup>②</sup>洛阳边。

**【注释】**

①次：行至。北固山：在江苏省镇江市北，有中、南、北三峰。北峰三面临江，形势险要，故称"北固"。

②归雁：指寄家书。《汉书·苏武传》："天子射上林中得雁，足有系帛书，言武等在某泽中。"

**【译诗】**

离乡出游，来到北固山下，乘舟轻驾，顺碧水流。春潮上涨，水与岸齐，更觉江面宽。风平浪已静，孤帆独飘零。残夜还未尽，江上红日，早升起。旧岁还未除，春意已到，暖融融。写好的家书，我往何处投？北归的鸿雁，替我捎信，回到洛阳城。

**【赏析】**

这是一首触景生情的写景诗，冬末春初，作者舟泊

北固山下，写长江两岸风景，并抒发乡思。首句写青山重叠，小路蜿蜒，碧波荡漾，小船轻疾。"潮平两岸阔，风正一帆悬"描摹长江下游潮涨江阔，波涛滚滚，诗人扬帆东下的壮观，气慨豪迈。"海日生残夜，江春入旧年"为历来传诵的名句，描绘了昼夜和冬春交替过程中的景象和心中的喜悦，由此而引动末句的乡思，以归雁捎书表达了作者羁旅怀乡的深情，春景和乡思和谐交融。

# 常 建

## 破山寺后禅院

清晨入古寺，初日照高林。
曲径通幽处，禅房①花木深。
山光悦鸟性，潭影空②人心。
万籁此皆寂，惟闻钟磬音。

**【注释】**

①禅房：佛徒习静之所。

②空：使动词，使明净无挂碍。

**【译诗】**

清晨，我走进古老的禅寺。朝阳初升，照着高高的山林，小径弯弯曲曲，通向幽静的深处。禅房隐藏在茂密的花木丛中。山色美境，是小鸟喜爱的天地，潭中顾影，能去掉凡俗尘心。万物皆寂静，只听见钟磬声回荡在山林。

**【赏析】**

这是一首题壁诗。诗从诗人清晨游寺写起。他清晨登虞山，入兴福寺，当时正升起旭日，普照山上树林，接着，诗人经过竹丛小路，走到幽深后院，发现禅房在花丛树林深处。山林焕发着日照的光彩，鸟儿在自由地飞翔欢唱；清清的潭水澄澈，使人顿感心地空明，杂念全消。结尾以万籁俱寂，只有钟磬声收束，进一步表现了禅寺的幽深宁静。对禅房美好、幽静环境的欣赏，表现了诗人悠闲适意的隐逸情趣。这种隐逸情趣又是诗人仕途失意心情的曲折反映。欧阳修《题青州山斋》曰："吾尝喜诵常建诗云：'曲径通幽处，禅房花木深。'欲效其语作一联，久不可得。乃知造意者为难工也。"